九州であった怖い話

—心霊研究家の怪異蒐集録—

濱 幸成

前口上

怖いものが大好きだ。

代り映えのない退屈な日常の中で、「怖い」という感情のみが私に「生」を強く意識させ、そして、さらなる恐怖を追い求めよと要求してくる。それに答えようと、時には心霊スポットと呼ばれる場所を探索し、時には人に話を伺いながら、そこかしこに散らばる恐怖が集まった結果、完成したのが本書である。

こういった話を蒐集していると、怪異現象にも意思があり、世に出たがっているのではないかと思う時がある。話を集めれば集めるほど、それが仲間を呼び寄せるかのように、また更に話が舞い込み、本となって世に送り出されていく。云わば、私の役割というのは、『目には見えない者達が存在する証明』を発行する、書記官のような役割ではないかと、最近思い始めている。

幸いにも、私が現在暮らしており、取材のメインフィールドとしている九州には、妖怪伝説、戦争やキリシタンに関する深い歴史、心霊スポット等が多く存在し、それらの地でひっそりと眠る魂は、それぞれの思いをあなたに伝えたくてうずうずしているのかもしれない。

その思いを微力ながらも世に送り出し、あなたの心に何かを残すことができれば幸いです。

濱　幸成

九州であった怖い話 ―心霊研究家の怪異蒐集録― 目次

佐賀の話

長崎の話

熊本の話

大分の話

宮崎の話

鹿児島の話

福岡の話

一　烏尾峠（からすおとうげ）　福岡県飯塚市〜田川郡糸田町

私が以前働いていた職場の同僚に、佐藤さんという男性がいた。

佐藤さん自身は、今まで怪奇現象に遭遇したことは全くないらしいのだが、いろいろと話を聞いているうちに、佐藤さんの妹である「綾香さん」は、とても感受性が強く何度も怖い体験をしているという事を知り、連絡先を教えてもらい取材を行うことになった。

そして、実際に会って話を聞いてみると、驚くほどに次から次へと怖い話が飛び出してくる……。

ということで、本書のキーマンになっている彼女の話から紹介していくことにしよう。

綾香さんは、昔から人とは違うものが見えていたそうだ。

そのことに初めて気が付いたのは、小学校五年生の時のこと。

その日は綾香さん、母、姉、兄の四人で、居間でテレビを見ていた。寝転がって夕方のバラエティ番組を笑いながら視聴していると、急に背後から強烈な視線を感じた。父は仕事で帰って来ておらず、全員が居間にいる状況で、「誰？」と思いながら振り向くと、そこには見知らぬ女がいた。

モスグリーンのハイネックセーターを着て、セミロングの髪で無表情な若い女が、ガラス戸の上部から体を斜めにして、胸のあたりまでニョキっと突き出しているのだが、その位置から考えて身長が二メートルはあるということになる。

「誰よ、あれ⁉」

綾香さんの叫びに反応して皆が一斉に振り返るが、それぞれが怪訝な顔をして宙を眺めるだけだ。

「いや、なにもおらんやん？」

「え？　え？　え？　女の人がこっち見ようやん⁉」

そう言って、謎の女を指さしながら家族の方を振り返り、もう一度女の方に顔を向けると、そこには誰もいなかった。それが彼女の「あれは生きてる人じゃない」と初めて実感した時だった。

それからも、しばしば不思議な出来事が綾香さんに襲い掛かり、自分は心の病なのではないかと疑って精神科で検査を受けたこともあるそうだが、結果は全く異常なし。検査後に医師から、

「診断の結果、全く問題ありませんでした。あなたのような症状の方は稀にいらっしゃるのですが、こちらで言えることは感受性が強いということだけで、お薬やカウンセリング等も効果はないと思われます……これは推測に過ぎないのですが、この世界とは違う次元や、霊的な存在というものは実在していて、そういったものを感じる力が強いのかもしれませんね」

この発言には綾香さんも驚いたそうだ。まさか医師の口から、間接的な表現であるとはいえ「霊感が強い」と言われるとは思っていなかった。

しかし、そう言われたからといって、自分だけに見えているものが全て霊だという証明になったわけではなく、不安を感じる日々は続いたのだが、この出来事以来、ある程度の

付き合いになる可能性がある人と初めて話すときは、

「私、感受性が強くて、たまに変なこと言うけど気にせんでね！」

こう言うようになったそうだ。


そんな綾香さんであるが、中学に入ってすぐの頃、一度だけ心霊スポットに連れて行かれたことがあるという。

年の離れた兄と姉がいる彼女は、兄・姉の友人達からも当然、霊感少女として知られており、綾香さんは乗り気ではなかったのだが、年の離れた先輩たちに無理やり連れていかれる形で、「烏尾峠」に肝試しに行くことになった。


この場所は、正式名称は烏尾峠であるのだが、周辺住民からは「カラス峠」と呼ばれることの方が多く、幽霊の目撃情報があることなどから、心霊スポットとも呼ばれている。

江戸時代には山賊が多く出没する場所で、殺された人も多かったことから、「山賊峠」とも呼ばれていたようだ。さらに、峠道には廃業した飲食店とみられる廃墟が点在しており、夜になると気味の悪い雰囲気が漂っている。

また、福岡都市圏から筑豊地区への交通の利便性向上を期待して二〇〇九年三月に開通した、烏尾峠のすぐ傍にある「筑豊烏尾トンネル」では事故が多発しており、「血塗られた歴史的背景」・「事故多発地帯」・「廃墟群」など、心霊スポットと呼ばれる条件を高レベルでクリアしている場所でもある。

これだけの条件が揃っているにもかかわらず、福岡県内における心霊スポットとしての知名度はかなり低く、私も綾香さんから今回の話を聞くまでは、この場所が心霊スポットだという話は聞いたことがなかったし、インターネットの心霊スポット紹介サイトでも、ここを取り上げているところはなかったと思う。しかしながら、こういった地元の人間しか知らないような「マイナースポット」のほうが、よく聞く有名な噂話とは違うリアルな話が眠っている可能性は高く、私は綾香さんの話に聞き入っていた。

その日は、先輩の車に男三人、女二人の計五人が乗り込み、烏尾峠の廃村を目指して車を走らせた。

「私が、これ以上行けないって言ったら、そこで絶対に終わりにしてくださいね」

「わかっとうけん、大丈夫！」

先輩達は、綾香さんを危険探知機として連れてきた節があるようで、何か怖いことがあればすぐに逃げ出す算段だったようだ。車はいよいよ暗い峠道に突入し、廃村へと距離を縮めていく。

「到着～、やっぱ怖いね」

軽々しい口調ながらも、その強張った顔からは恐怖がにじみ出てきており、頼りなさを感じてしまう。

辺りには数棟の倒壊しかけた民家が佇んでおり、丸見えの内部には禍々しいほどの闇が待ち構えていた。

「綾香ちゃん、なんか見える？」

「いや、まだ何も……」

この時、すでに言いようのない違和感があった。こちらを威圧してくるような雰囲気を感じているのだが、何も見えない。まるで、家の中に隠れて、こちらが入るのを待ち構えているかのように。

「先輩、家の中に入るのはやめた方がいいですよ。絶対ここおかしいですよ！」

「でも、なんもおらんっちゃろう？」

そう言うと、男三人は廃屋に向かってズカズカと進んで行く。

ライトの明かりが内部に差し込み、時の流れが止まってしまったような空間がその姿をさらけ出す。床は抜け落ち、天井からも板が垂れ下がっており、侵入するのは難しそうだ。

男性陣が、中に入るかどうか話し合いながら内部を照らしていると、部屋のど真ん中に、白くて大きな塊が置いてあるのに気づいた。

(あれ、なんやろう？)

車の近くで、女性二人が固まった状態で様子を見ていたのだが、それの正体が分かった瞬間、綾香さんは恐怖のあまり呼吸ができなくなってしまった。

「ねぇ！　大丈夫⁉」

異変を感じた隣の女性に肩を揺さぶられて、なんとか我に返った綾香さんだったが、頭の中は「逃げなければ！」という思いでいっぱいだった。

「なんかおると？　ねえ？　何が見えるとよ⁉」

「先輩たちがライトで照らしている廃屋があるじゃないですか？　あそこの部屋のど真ん中に、大きな白い顔があります……」

その言葉に気づいたのかはわからないが、白い顔は綾香さんの方を睨みながらスッと浮かんだかと思うと、威嚇するかのようにドンッ！　と大きな音を立てて着地した。

「うわぁ！」

強烈な音に驚いた男性陣が、車に向かって全力で走り寄ってくる。

「早く行きましょう！　ヤバいです！　車出してください!!」

綾香さんの声に導かれるようにして男性陣は車を目指して全力疾走しているが、その後ろを、廃屋から這い出してきた無数の黒い人影がワラワラと追ってきている。

「車出してぇー！　早く！　早くー!!」

恐怖のあまりパニックになった綾香さんは、自分でも何を言っているのかわからないくらいに叫び続けていたという。全員が車に乗り込むと、エンジンをかけて車を発進させる。

バキャ！

硬いものが砕けたような音が響いたが、今はとてもじゃないが車の傷を気にする余裕はない。

そのまま猛スピードで峠を駆け抜けると、このまま帰るのも怖いということで、二十四時間営業のファミレスに立ち寄ることになった。全員強張った顔つきで車を降りたところで、車の持ち主が、先ほどの何かがぶつかったような音を思い出し、グルリと車の外観を一周して傷を確認している。

「マジかよ!?」

驚いたような声を聞きつけ、皆で持ち主のところに集まると、片方のテールライトが砕けている。音は確か、真っすぐに発進した直後に聞こえたはずだから、リアが傷ついているというのはおかしい。

「ちょっと待てよ。これ棒かなんかで殴られたように見えん?」

「気持ち悪いけん。もうやめようぜ……」

「そうやな……」


後日、車と一緒に、烏尾峠に行ったメンバー全員でお祓いを受けたそうだが、そのおかげかどうかはわからないが、その後、特に異常なことは起こっていないそうである。

この話を聞いて、私も烏尾峠を調査したのだが、残念ながら、廃墟が点在しているのは確認できたが、綾香さんの行った廃村というのは、どこのことなのかわからなかった。

二　交通事故

福岡県京都郡苅田町

綾香さんが中学二年生の時の話だ。

ある日、母親のもとに、姉が自動車事故を起こして病院に運ばれたという連絡が入った。急いで病院に駆けつけると、廃車になるほど酷い事故だったにもかかわらず、姉は奇跡的に打撲だけで済んでおり、ケロッとした顔をしている。

とりあえず、胸をなでおろして当時の状況を詳しく聞いてみると、当時通っていた専門学校に向かっている最中、田んぼが延々続くあぜ道を走っていたのだが、その途中、赤信号のT字路に姉が信号を無視して侵入し、その横っ腹に別の車が突っ込んで来て、姉の乗っていた車は二回転半して田んぼに落ちたということだった。普通なら即死してもおかしくないような大事故だ。

姉の性格はとても真面目で、常日頃から安全運転を心がけており、そのような事故を起こすとはとても考えにくいと思った家族は、なんでそんなことをしたのかと姉に詰め寄ったが、「事故前後の記憶がない」ということで、結局、信号無視の理由は曖昧になったままだった。

事故から数日後、母親と綾香さんは姉の乗っていた車の備品を回収するために、知り合いが経営する修理工場に向かった。この時、初めて事故後の車を見たのだが、突っ込まれた方のドアは大きく凹んでおり、これでよく生きていたなと思うような有様だったそうだ。ドアを無理やりこじ開けて、中にある小物などを取り出すのだが、もう事故を起こさないための戒めとして、後で姉に渡そうと、綾香さんは備品を回収している母親の姿や、少し離れて事故車の全景などの写真を、母親の携帯電話で数枚撮って帰った。

後日、姉に渡すために写真を現像して、改めてよく見ると、車に入ろうとしている母親ともう一人、後部座席に若くて髪の長い女が乗っており、体を前に乗り出してきている姿が写っているのに気付いた。

「お母さん！　あの時お母さんしかおらんかったよね？　変な女の人が写っとうっちゃけど……」

「え……うわっ、これ気持ち悪いね！　もう一回車屋さんには行く予定やけん、その時見せてみるね」

工場の経営者は知り合いということもあり、廃車前にもう一度店を訪れた際、写真を持って行って見せたそうだ。

「ねぇ、この前の車なんやけど、写真撮ったら変なものが写ったっちゃんね」

「ん？　この人……俺見たことあるよ……」

写真に写っている若い女性に気づいた途端、明らかに経営者の顔は曇った。

「知っとう人？」

経営者は黙ってうなずき、違う写真を手に取って見せてきた。

「ほら。この写真、娘さんが事故起こした車の横にもう一台グチャグチャになった車あるやろ？　この車、実は娘さんが事故起こす三時間前に、全く同じ場所で事故起こしとるんよね。乗っとった女性は即死で、車を店に持ってきたときに、警察と遺族の方から、車の持ち主確認のために写真を見せられたんよ。娘さんの車の後部座席に乗っとう女性、その時亡くなった人で間違いないよ……」

青ざめた顔をして話す経営者の話を聞いて、母親も吐き気を催すような悪寒に襲われたそうだが、とにかく、この写真は所持してはいけないものだと考え、現像した物はすぐに捨てて、携帯内の元データもすべて消去した。


帰ってきた母親からこの話を聞いて、家族は震えあがったそうだが、とりあえず写真は消したので大丈夫だろう。そう思っていたそうだ。しかし数日後、居間で携帯電話をいじっていた母親が悲鳴を上げた。

「お母さんどうしたと?」

「写真が出てきた……」

「嘘やろ……」

綾香さんが震える手で携帯電話を受け取ると、確かにそこには数日前に削除したはずの廃車の写真が表示されている。心なしか、女性の顔が以前より怒っているようにも見える。

「どこに入っとったと?」

「絶対消したはずなのに、違うフォルダから出てきた……」

これはきっと「消すな」ってことだ。話し合った挙句、そう結論を出した二人は、写真は残しておくことに決めた。しかし、もう二度と見たくないものだったので、すぐに機種変更をして、問題の写真が入った携帯電話は押し入れに仕舞っているそうだ。

「だって、消したら違うフォルダから出てきたんですよ？　もう一回消したり、もしくは携帯ごと捨てたりしたら、次はどこから何が出てくるかわからないじゃないですか……」

三

生霊

福岡県京都郡苅田町

綾香さんが高校一年生の時の話だ。

当時高校のバレーボール部に所属していた綾香さんは、クリスマスを迎えるにあたって、彼氏のいない部員同士で集まりピザパーティーを開くことになった。近所には、地元の三歳上の先輩であり、昔から交流のあったヒロキさんが勤めている宅配ピザ店があったので、そこでピザを注文することにした。

「配達はヒロキさんでお願いしますね」

注文電話の最後にこう付け加えると、二十分ほど経ってからバイクのエンジン音が近づいてきた。

ピンポーン！

「はーい」

ドアを開けると、笑みを浮かべたヒロキさんが立っている。

「おぉ綾香！　ありがとね～」

「ヒロキ先輩ありがとうございます！」

そこまで言って、綾香さんの体は固まってしまった。目の前にいるヒロキさんの体には大蛇のようなものが巻き付いており、肩越しに顔を出しているのだが、その顔はグチャグチャに潰れた人間の女性だった。そして、原形を留めていないが、怒り悲しんでいるというのが、その目付きから読み取れた。人間ではない形の霊らしきものを見たのは、この時が初めてだった。

（なんこれ！　ヤバイヤバイ！　このまま帰らせたら事故って死ぬんやない？）

言おうかどうか迷ったそうだが、幸いなことに、ヒロキさんは綾香さんが「そういうもの」が見えることを知っている。ピザを受け取り代金を支払うと、恐る恐る尋ねてみた。

「申し上げにくいんですけど、先輩の体に女の人が巻き付いていて、悲しそうな、怒ってもいるような目をしているんですけど……もしかしたら事故とかの引き金になるかもしれないんで、帰りは十分注意して帰って下さい。あと、その女性に何か心当たりがあるようでしたら、すぐにでも対処した方がいいですよ。私でよければ、ご都合のいい時にお話聞かせていただきます」

驚いた顔をしたヒロキさんだったが、「ありがとう」と一言言ってピザ店へと帰って行った。


心配していた綾香さんだったが、それから五分ほどするとピザ店から電話が入ったそうだ。

「綾香、さっきは忠告ありがとう。無事に帰れたよ。実は、さっき綾香が見えたって言いよった女について思い当たることがあるけん、よかったら話聞いてくれんかな?」

「やっぱり……わかりました。私でよければ聞かせてもらいます」


そして、二日後にヒロキさんと、ある場所に向かうことになったのだが、それは新Y病院という大きな病院で、持ち合い室に腰掛けるとヒロキさんはポツリポツリと話し始めた。

「以前、俺がバイク事故起こしたのって、前に話したよね? 俺はかすり傷で済んだんやけど、実はその時後ろに彼女が乗っとって、彼女は半身不随になってここに入院しとうっちゃんね。彼女は俺に迷惑をかけるのが辛いけん、別れてくれって言うし、彼女のご両親も、君は若いし、娘もそう言っとるから別れてくれんか？　って言うんよね。俺も迷ったんやけど、結局別れることにしたんよ。けど、やっぱり彼女は心の底では納得してないんかな？」

「彼女さんがどういう気持ちを持っているかはわかりません。でも、先輩に憑いているのがその彼女さんだとしたら、少なくとも納得していないと思いますよ……」

「そっか……わかった。今日は彼女と別れてから初めての見舞いに来たんやけど、よかったら綾香も彼女に会ってみてくれんかな？」

「わかりました」

しばらく沈黙が続いたが、遠くから車椅子の女性がこちらへと近づいてくると、ヒロキさんは声を上げた。

「あっ、来た！　あの車椅子に乗っとうのがそうやけん！」

先輩の体に巻き付いていた女と違い、顔には傷もなく綺麗な女性だ。

しかし、一目見ただけでわかった。この人だ。近づいて来るにつれて、女性の強い悲しみや怒りが綾香さんの中に入ってくるように感じた。

「先輩、あの人で間違いないです。でも、私これ以上ここにいられません。すいません！　帰ります！」

そう言うや否や、綾香さんは病院を飛び出した。

「今考えれば、顔がグチャグチャだったのは強い怒りや悲しみのせいで、体が蛇だったのは、事故で体が傷ついた不幸の象徴だったんじゃないかと思うんです。」

その後、ヒロキさんは話し合いの結果、元彼女とよりを戻すことになり、今では結婚しているそうだ。

四　予備校

福岡県福岡市中央区

福岡市中央区には、一九九七年に閉校した「M」という予備校があった。

かつて予備校通りとして有名であった親不孝通りの端にあった予備校で、閉校となった現在でも親不孝通りのシンボルのように語られることもある。

この話は、私の高校時代の先生であり、当時Mに通っていた丸山さんから聞いた話だ。

地元の私立大学を目指していた丸山さんは、Mが所有する四か所の学生寮のうちの一つに入居しており、日々、切磋琢磨していた。

過酷な勉強漬けの毎日に嫌気がさし、鬱（うつ）状態になってしまう者も多く、そのまま実家に帰ってしまう者もいたという。

丸山さんの家庭は裕福といえる状況ではなかったので、日々、ビリヤード場でバイトをしながら予備校の授業料を賄っていた。机に向かって脳味噌をフル回転させて、そこからのバイトは体力的にも精神的にもキツイものであったが、日々の日常の中で唯一、友人達と食事をしながらバカ話をするのが楽しみだったという。

そんな友人の中でも一番仲が良かったのが田所さんという人で、難関大学を狙いながら二浪していたため、年齢は一つ上だったが、趣味がバイクいじりという点で共通しており、貧乏浪人だった二人は、中古で買った古びた250ccバイクの話でよく盛り上がっていたという。

ある日、丸山さんがバイトから帰ってきて部屋で寛いでいると、「ガタン!」と隣室から大きな音が聞こえてきた。

隣室に住んでいるのは田所さんで、日頃は住んでいるのかいないのかもわからないほど物音を立てない人なので、何事かと驚いたそうだが、勉強とバイトで疲れはピークに達しており、座布団に座ったまま、うつらうつら意識がとんでしまっていた。

ドンドンドン！

ドアをノックする音で目が覚めた。

時計を見ると午前二時を回っている。こんな時間に誰だろうと腹を立て、居留守を使おうかとも思ったが、ノックの音は間隔をあけて、断続的に続いているので、渋々出ることにした。

「はーい」

ムスッとした顔で扉を開けると、そこにはいつもの青いパジャマ姿の田所さんが立っていた。

「幽霊って信じるか？」

「こんな時間に何言ってるんですか？」

「幽霊を見たことあるか？」

「いや、ないですけど、どうしたんですか？」

「ちょっと俺の部屋に来てくれ」

（勉強のし過ぎで頭おかしくなったか？）

真夜中に押し寄せて、訳の分からないことを言ってくる田所さんに苛立ちを隠せなかったそうだが、取り敢えず隣の部屋に行ってみることにした。

田所さんは開いた扉を手で支えており、さあ先に入れと顎で指図する。

丸山さんが部屋に足を踏み入れると、そこには青いパジャマ姿の田所さんが天井からロープでぶら下がっており、足元には椅子が転がっていた。

「うわぁ！」

思わず声を上げて振り返ると、そこには誰もいなかったそうだ。

五　チョーク

福岡県福岡市

丸山さんは友人の死を乗り越え、無事に志望大学に合格した。

大学入学後も、予備校時代からのビリヤード場でのバイトは続けており、週に三～四日のペースで働いていたそうだ。

そして、そのビリヤード場では一つだけ不思議なことがあった。

各ビリヤード台の縁には小さなキューブ状のチョークが置いてあるのだが、これはキューの先端についているタップに塗り込むことによって、滑り止めの効果を果たすものである。

チョークが置いてあるのは、どこのビリヤード場に行っても見る光景だが、丸山さんの働いていた店では、チョークが勝手に落ちるというのだ。

お客がほとんど入っていないような時でも、気が付けばチョークが落ちている。拾い戻しても、気が付けばまた地面に転がっている。不思議だとは思っていたが、特に気にはしていなかったそうだ。


ある時、大学の先輩でもあり、数か月前までその店で働いていた田中さんが遊びに来た。

「丸山、久しぶりやなぁ。元気しとうか?」

「あぁ、先輩。お久しぶりです。元気にやってますよ」

「相変わらず、ここのチョーク落ちる?」

「もう毎回落ちてますよ。これ何なんでしょうね?」

「それ拾わんほうがいいぞ……」

そう言って、自分がこの店をやめる原因になったという話を聞かせてくれた。


その日、田中さんはいつものように、チョークが落ちる度に台の上に拾い上げていたのだが、その作業を数回繰り返したところで、急にズシリと体が重くなった。

まるで、腰に誰かがしがみついているかのような、いや、確実に腹回りにヌメっとした冷たい腕の感触がある。

しかし、それは目視では確認することができない。冷汗が額や脇から流れ落ちるが、どうすることもできない。異様な気持ち悪さを感じていると、店長から声をかけられた。

「田中、お前えらい顔色悪いな？　大丈夫？　今日はもう早く帰ったら？」

「すいません。なんか今日、体がおかしいんで帰ります……」

すぐに店を出てバイクに跨るが、このまま帰ると、腹周りに絡み付いている「何か」まで連れて帰ってしまいそうで、一度コンビニによって時間を潰した後、またバイクに跨った。しかし、相変わらず体にはずっしりと重さが乗っかっている。

部屋に着いても重さは消えず、このまま寝てしまうのも恐ろしいと考えたそうだが、明日は一限目から授業がある。先ほどコンビニで買った酒を一気に飲み干すと、電気を点けたまま床に就いた。

ペシ！　ペシ！　ペシ！

頬に何かが当たる感触で目が覚めた。

一体何だろう？　と目を開けると、自分の頭のすぐ横に全身真っ赤な女性が座っており、田中さんの頬を手で軽く叩いている。

ペシ！　ペシ！　ペシ！

そこで気を失ってしまい、気が付いたら朝だったそうだ。

朝には腰回りの重さは消えていたのだが、昨夜の赤い女のことが忘れられず、ビリヤード場のバイトはすぐにやめてしまったそうだ。

「そんなことがあったのに、なんで、今日は来たんですか？」

「いや、多分あの女がチョークを落としよるんやけど、それをわざわざ毎回俺が拾うけん、あの時は怒ったのかなって思ってね。やけん、チョーク拾わんかったら大丈夫やと思うよ。あ、でも、お前まだ働きようけん。拾わないかんか……」

「そうっすよ……」

この話を聞いてからも、丸山さんはチョークが落ちる度に拾い続けたそうだが、幸い、赤い女は現れていないそうだ。

六　山本さん

福岡県福岡市

丸山さんが学生生活を続けているうちに、同じ大学に通う彼女ができた。

丸山さん好みのおっとりとした、色白で少しふくよかな女性だったそうだ。

彼女の名前は「池上さん」といったが、ある時から、様々な人から違う名前で呼ばれることになってしまう。

最初は大学構内を歩いていた時のことだった。

「あー、山本さん！」

知らない女性二人組から声をかけられた。

「いや、私、池上ですけど……」

「あ、すみません……」

ただの人違いだと思った。それから数日後、今度は構内の食堂で昼飯を食べていたときのこと。

「山本さんですよね?」

知らない男性が話しかけてきた?

「いや、私は池上です……」

「すみません……」

そんなことが頻繁に起こるようになった。しかし、丸山さんと池上さんが通っている大学は、生徒数二万人前後というマンモス校であるため、構内に似ている人がいれば、こうやって間違われるという事もあるだろう。そう思っていた。

だが、この「人違い」は次第に範囲を広げていくことになる。


休日、池上さんと丸山さんが天神(福岡市の繁華街)でショッピングを楽しんでいると、とある洋服屋の店員が話しかけてきた。

「山本さん、先日はありがとうございました」

「いや、山本じゃないです……」

丸山さんと一緒にいる時に間違われたのは、これが初めてだったそうだ。

「おい、今のが、最近よく人間違いされるってやつ？」

「そうそう、なんか知らんけど、いつも山本さんって人に間違われるんよね」

大学からは少し距離があるとはいえ、天神には若者が多く集まるし、ただの人違いだろう。まだ、この時はそう思えた。


それから数週間が経ち、丸山さんと池上さんは貯めたバイト代で沖縄旅行に行くことになった。

相変わらず、数日に一度のペースで山本さんに間違われることはあったが、まさか沖縄で間違われるなんてことはないだろうし、現地に着いてはしゃいでいるうちに、人違いのことなどすっかり忘れていた。

実際、三泊四日の沖縄旅行のうち、三日目終了時点では、さすがに一度も「山本さん！」とは声をかけられていなかった。

後は福岡に帰るだけだと思っていたのだが、チェックアウトを済ませ、空港までのタクシーに乗り込んだところで、運転手から声をかけられた。

「あれ？　山本さん、また沖縄に来られたんですか？」

二人とも唖然としたそうだ。

「いや、山本じゃないんですけど、どうしてですか？」

「え？　そうなんですか？　すみません。てっきり、先週乗車された山本さんだと思ってました」

さすがに恐ろしくなり、楽しかった沖縄の思い出も一瞬で吹き飛んでしまったそうだ。

福岡に帰るまでの間も、先ほどの運転手の言葉が忘れられない。県内ならまだしも、沖縄で間違えられるなんてことはあり得ない。何か、邪悪でとてつもなく強い力を持つものが悪戯(いたずら)でもしているのではないか？　そんなことを考えていたのだという。

福岡に着くと、二人で池上さんが一人暮らしをしていた部屋に向かい、荷物を部屋の隅に放って、ぐったりと座り込んでいた。

プルルルル。プルルルル。

二人の帰りを待ち構えていたかのように、固定電話が鳴りだした。

「はい。池上ですけど」

「あなたは山本じゃないですよね？　私が山本ですので」

「えっ？　どういうことですか？」

　プツッ！

　相手は一方的にまくし立てると、電話を切った。

「博美、誰から？」

「山本さんだって……」

「山本って、あの山本？」

　全身に鳥肌が立った。なんで番号を知っている？　もしかして、今までのことは全て知り合いの悪戯？　考えても答えは出ずに、そのまま丸山さんは実家に帰ることになった。

「ただいまぁ！」

「おかえり。沖縄は楽しかった？　そういえば、ついさっき山本さんって女の人から電話かかってきたけど、知り合い？『私が山本ですので』って言って、すぐ切れたんやけど、変な電話」

まさか自分の家にまで電話がかかってきているとは思っていなかった。共通の知り合いの悪戯だろうか？　知り合いには一人、山本という男性がいるのですぐに連絡を取ってみたが、違うと言われた。

電話までかかってくるようになったら、これから先は一体どんなことが待っているのだろう？　そう怯え切っていたそうだが、電話を境に、池上さんが山本さんと間違われることはなくなった。

未だにあの出来事が何だったのか、わからないという。

佐賀の話

七　風の見える丘公園

佐賀県唐津市呼子町

唐津市の呼子大橋を渡り、小高い丘を登ったところに「風の見える丘公園」というスポットがある。

眼下に呼子大橋とその周辺海域を見渡すことが可能で、とても眺めが良く、公園内には売店やレストランもあることから、ファミリーからカップルまで楽しめるようになっている。

そんな素晴らしいところであるにもかかわらず、ネット上には心霊スポットだ、という書き込みもあるようだ。恐らく、呼子大橋で飛び降り自殺が発生していることから、そのような噂が立ち始めたのではないかと推測できる。

あくまでも、下らない噂に過ぎないのだろうな……。

そう思いつつも、真相を確かめるべく、深夜一人で車を唐津まで走らせた。

福岡市から四十分ほど車を走らせると、呼子大橋は見えてきた。

程よい曲線を描いた呼子大橋はオレンジの街灯に照らされ、腰をくねらす美女のような色気がある。人生の最後に見る景色としては悪くないのかもしれない。

車は呼子大橋を渡って加部島に上陸し、カーブをいくつか越え、いよいよ風の見える丘公園に到着した。

周りを海に囲まれ、なおかつ小高い丘にあるから、十二月の公園には強い風が吹き付けており、ダウンジャケットを着ていても時折身震いしてしまう。

この日は、買ったばかりのアクションカメラのテスト撮影も兼ねており、その一カ所目がこの場所ということで、入念にカメラをセッティングし、園内へと足を踏み入れた。

両脇に店舗が所在する入り口を越え、どんどん坂道を登っていく。坂道の脇にはてすりがあり、その向こうは崖になっており、崖底はミカン畑のようだ。

しばらく歩いていると、突如崖底から奇妙な声のようなものが響いてきた。

「うぅ〜う〜うぅ〜」

(女の声？)

緊張が走ると同時に、女の声のような音に反応するかのように、手に持っていたライトが「ピカッ、ピカッ、ピカッ」と点滅を繰り返す。

そしてライトは消え、私の周囲は、少し離れたところにある街灯の光で薄っすらと照らされているだけの状態になった。

(嘘やん⁉)

突然の出来事にどうして良いのかわからなくなっていたのだが、数秒で何事もなかったかのようにライトは点いた。

(よかったぁ……何やったんやろ？)

機材トラブルに焦りを感じつつも、せっかくここまで来たのだからと自分を励ましながら進み、展望台まで辿り着いた。

展望台の近くには大きな風車が設置されているのだが、時折、ギィー……と大きな音を立てるので心臓に悪い。風車だと分かっていても、音が鳴るたびにビクリと反応してしまう。しかし、展望台から眺める夜景はとても美しく、寒風を体で受け止めつつも、その景色にしばし見惚れた後、車に戻ろうと歩き始めた。

帰り道でも、先ほどの声が聞こえた辺りで立ち止まり、同じ現象が起こらないか待ち構えるが、一向に異常は起こらない。

(さっきのは野犬やったんかな?)

安心と残念が入り混じったような、複雑な気持ちになりつつ、私は次の心霊スポットへと車を走らせた。

翌日、撮影した動画を確認すると、やはり謎の声は入っていたのだが、それが何の声であるかはわからなかった。


それから数週間後のことだ。

私が十年近く通っている美容室で髪を切ってもらっている最中、風の見える丘公園での出来事をオーナーの重田さんに話すと、彼は驚いたような顔をしてこう言った。

「濱君!　それ野犬じゃないよ!　俺もあそこ通ったとき、変な声聞いたことあるけん!」

重田さんは、いわゆる、霊感というものが強いらしく、過去に様々な不思議体験をされている方で、私の今までの著書にも、重田さんの体験談を書かせてもらっている。

今回も、ひょんなことから新たな体験談を聞けることになったぞと、笑みを漏らしながら、重田さんの話に耳を傾けた。

それは数年前の出来事だそうだ。

美容室の定休日の月曜日になると、バイクで趣味のツーリングをするのが日課になっていた重田さんは、その日は呼子大橋を渡って、加部島の温泉に浸かりに行く予定を立てていた。

のんびりと朝食を済ませると、あとは仲間がやってくるのを待つだけだ。

約束の時間が近づくと、一台、また一台と心地よいエンジン音を響かせながらバイクが美容室へと集まってくる。

「そろそろ行こうか」

メンバー全員が集まったのを確認すると、重田さんの一声でそれぞれがバイクに跨り、アクセルを捻って道路へと飛び出していく。

元々、自動車で走り屋をしていた重田さんは、バイクだからと言ってのんびりと走るわけはなく、車の波を縫うようにしてグイグイとスピードを上げていく。全身で風を感じながら疾走するのが、一番のストレス解消になるそうだ。

そうこうしている内に、あっという間に呼子大橋を超え、目的の加部島へと入った。カーブを攻めながら走っていくと、風の見える丘公園のあたりでヘルメットの中に声が響いてきた。

「うぅ〜うぅ〜×○▽？@×◇×○▽？@×……」

（うわっ！　なんやこれ⁉）

老婆のような声がヘルメットの中で話しかけてくるのだが、何て言っているのか全く聞き取れない。とにかく、生きている人間でないことは明らかで、全身に鳥肌が立ったそうだが、いきなり止まるのも危険なので、そのまま目的地までバイクを走らせた。

ようやく温泉に着いたのはいいが、先ほどの声が気になる。しかし、今までもそういう体験はたくさん味わってきたし、なにより自分の身だけに降りかかったことであるならば、仲間には言わない方が良いのではないか。

そう考えていると、バイクを降りた一人が興奮しながら喋りだした。

「さっき公園の近くで、ヘルメットの中に婆さんの声が響いてきたんやけど！　めっちゃ気持ちわる！」

「えっ⁉　お前も？　俺も聞こえたっちゃんね」

「婆さんの声やろ？　あれ何やろうね……」

声が聞こえたのは四人中二人だけだったのだが、二人が同じ場所で同じような声を聞いたというのは、きっと偶然ではないのだろう。

「やけん、濱君が聞いた声も、野犬じゃないと思うよ」

苦笑いしながらも、重田さんは最後にそう言うと、また黙々とハサミを動かし始めた。

八

嬉野温泉

佐賀県嬉野市

「怖い話あったら教えてください」

二〇一七年某日、SNSのグループ「Team Ghost Rec」に私はこう書き込んだ。

Team Ghost Recとは、私が結成した心霊スポット撮影チームであり、五名で様々な心霊スポットに赴き撮影を行っているのだが、当時すでにチームは活動休止状態で、メンバーとは数か月間顔を合わせていなかった。

チーム活動休止になってからは、心霊スポットは自分一人でまわっており、連絡を取り合う事もなくなっていたのだが、近々刊行予定である書籍のネタ集めのため、メンバーからも何か話が聞ければと、久しぶりに呼びかけを行ったのだ。

それに答えてくれたのが四歳年下の井上で、井上の彼女である百合さんが昔、塾の合宿で恐怖体験をしたことがあるという事で、話を聞かせてもらうことになった。

百合さんがその旅館を訪れたのは十四年前のことだった。

当時中学生だった百合さんは、塾の合宿で、佐賀県嬉野市にある「Y旅館」というところにバスで向かったそうだ。

Y旅館には新館と旧館があり、合宿メンバーは全員が旧館に泊まることになっていたため、バスから降りるとそれぞれが荷物を抱えて旧館へと雪崩れ込んで行った。

もちろん、今回の合宿の主な目的は勉強することだが、「日本三大美肌の湯」と呼ばれ、人気観光地である嬉野に来たからには、それなりに楽しまなければと、皆気合が入っていたそうである。

合宿には、日々、自由時間も組み込まれていたので、百合さんは部屋に荷物を置くと、最初の自由時間を使って、江戸時代を再現した九州唯一の忍者村テーマパークに、友人三人と一緒に向かった。江戸の街並みを眺めながら、忍者や侍に扮した人々と触れ合えるのはとても新鮮で、あっという間に自由時間は終了となったそうだ。

　楽しかった出来事をワイワイと話しながら帰ったのはいいが、旧館の自分達が泊まる部屋に入るなり、なぜか三人とも急に具合が悪くなってしまい、トイレに駆け込むと嘔吐してしまった。胃の中のものを全て便器に吐き出しても具合の悪さは収まらず、猛烈な寒さが襲ってきた。どうやら高熱が出たようだ。それも、三人とも。

　旧館の一階には医務室があったので、三人で鉛のように重い体を引きずるようにして医務室へと入ると、常勤の先生に状況を説明し、そのまま医務室のベッドに横たわった。

「せっかく嬉野まで来たのに、これじゃ何のために来たのかわからんねぇ」

　この調子だと、三泊四日のこの合宿中に復活するのは絶望的に思えたし、ましてや、なぜ三人が同じ症状に陥ったのか。様々なことをベッドの上で考えてみても、虚しさが増すばかりだった。


　二日目、三日目と高熱は続き、新館にある勉強部屋には一度も顔を出すことができなかったのだが、最終日の四日目、この日は辛うじて熱が下がってきたため、午前中だけ勉強部屋で皆と一緒に授業を受け、午後はまた医務室で休んでから帰宅という段取りになった。

普段は嫌いなはずの授業も、これだけ高熱にうなされながらベッドの上とトイレを行き来する生活が続くと、皆に会えるということだけで嬉しく感じたそうだ。

無事に午前中の授業を終え、百合さん達三人のみが、新館から旧館へと続く渡り廊下をお喋りしながら歩いていると、急に一緒にいた友人の一人が叫び声を上げた。

「キャー!!」

驚いて前を見ると、びしょ濡れで長い髪を振り乱し、白い服を着た女がこっちに向かってフラリフラリとよろめきながら近づいて来ている。それに気づいた百合さんともう一人も、叫び声をあげてその場に固まってしまった。女はジリジリと距離を詰めてきている中、最初に叫んだ一人は腰が抜けて地べたに座り込んでしまっており、残る二人もその女の異常な様相に圧倒されて動けない。もうダメかと思ったその時、

「どうした⁉　大丈夫？」

新館二階の勉強部屋から、叫び声を聞いて男子が数人駆けつけてくれた。

「うわぁ！　なんだあれ⁉」

眼前に迫りくる女を見て大声を上げたが、女の子を放ってはおけないと、三人の腕を掴んでどうにか勉強部屋まで逃げ込み、中から鍵をかけた。勉強部屋の窓から女を目撃して

いた生徒もいて、部屋の中はパニックに陥っていた。

ドンドンドン！

パニックに拍車をかけるかのように、部屋の扉を強くノックする音が聞こえてくる。

「来た！」

「助けてー！　助けてーー!!」

女の子達は泣き喚いて、室内は阿鼻叫喚（あびきょうかん）の様相と化した。

ドンドンドン！　ドンドンドン！

激しいノックは止むことなく続いており、生徒たちの泣き叫ぶ声は新館に響き渡る。

「おーい、大丈夫かぁ！」

それは長い時間のようにも感じたが、実際には数分の出来事だったようだ。叫び声を聞きつけた先生と、旅館の従業員がこちらに呼びかけながら走ってきた。

扉に手をかけると、鍵が閉まっていることに気づいて「開けてくれ」と呼びかけてきているが、室内の全員が女を警戒して鍵を開けようとしない。

「女はいませんか!?」

「さっき変な女に襲われそうになったんです！」

生徒たちの言葉を聞くと、一瞬先生達の動きが止まり、従業員の人と何やら辺りを見回しながら話しているようだったが、特に異常は無かったようで、すぐに話しかけてきた。

「大丈夫！　先生達しかおらんけん、開けてくれ！」

そこでようやくカギを開けると、先生と従業員は部屋に飛び込み、生徒の無事を確認すると安堵の表情を見せた。生徒達が落ち着いてきたところで、何があったのか聞かれたそうだが、先生と従業員はそんな女を見ていないそうで、結局、集団ヒステリーと処理されてしまったそうだ。


帰り際、バスに荷物を運んでいると、百合さん達が医務室で寝込んでいる時に、食事を運んでくれていた仲居さんが見送りに来ているのを見つけて、こっそりと聞いてみたそうだ。

「今日こんなことがあったんですけど……」

「あぁ、そう……」

仲居さんは一瞬ためらう様な顔をしたのだが、声のトーンを落として話し始めた。

「旧館の、ある部屋でね、昔、男に裏切られた女の人がベランダで首吊って亡くなってるんですよ。それからというもの、時折、びしょ濡れの女の姿を見たっていう話は何度かあったみたいなんですけど、何人もが同時にって話は初めて聞きましたよ。その女の人が亡くなった時は大雨だったそうで、だから、今でも死んだときのままの姿で現れるんですかね……このことはあまり人に言わないでくださいね」

そう言うと、仲居さんは口の前に人差し指を持ってきて、寂しそうに笑ったそうだ。

九　七ツ釜　佐賀県唐津市屋形石

国の天然記念物にも指定されている「七ツ釜」は、玄武岩が玄界灘の荒れ狂う波に侵食されて生まれた景勝地である。

その名の通り、断崖には深くえぐられた洞窟が七つあり、七ツ釜周辺を観覧できる観光遊覧船は人気となっている。

しかしながら、こういった断崖絶壁の景勝地には付き物の、「自殺の名所」という不名誉な呼び名も併せ持っており、生ける人にも、これから死にゆく人にも人気の場所、ということだろうか？

さらに、七ツ釜は釣りの名所でもあるのだが、足場が悪いため滑落事故が後を絶たず、何人もの釣り人が命を失っているという。

私は仲間と数人で釣りに行くことがあるが、友達の友達という形で、初対面の方と一緒に釣りをすることも珍しくない。

ある時、長崎県松浦市に属する「黒島」という離島に、仲間を集めて合同釣行したのだが、その時にある先輩が連れてきたのが、先輩の古くからの友人である田中さんだった。

彼はメインとしてはメジナを狙う事が多いようだが、ルアー用のロッドもいつも持ち歩いており、気分転換にロックフィッシュやイカを狙ったりもするオールラウンダーだ。

そんな田中さんだが、一度だけ釣行(ちょうこう)で怖い思いをしたことがあるという。

その日、田中さんが家を出たのは朝四時、外はまだ夜の帳(とばり)が下りたままだった。

メジナ釣りのタックル一式を、フラットにした後部座席へと積み込み、行き交う車も少ない道路を快適に走っていく。

七ツ釜に着いたのは五時少し前くらいで、まだ太陽は顔を出していない。

駐車場には車も無く、先客はいないようだ。

これならば一番いいポイントに入れると、笑みを浮かべながらタックル一式を担いで、地磯へと向かう。

道中には街灯もなく、頭に付けたライトだけが頼りになるのだが、毎週のように様々な場所で、暗いうちから釣りをしている田中さんにとって暗闇なんて慣れたもので、その日、魚が釣れることだけを思い描きながら、落ち葉を踏みしめて進んで行った。

ようやく地磯が見えてきたところで、何やら人の声のようなものが聞こえてくる。

(あれ？　車は無かったはずやけどな？)

違和感を持ちながら先へと進むと、一級ポイントには釣り人と思わしき男性が立っている。しかし、姿恰好はどう見ても釣り人なのだが、まわりには釣り道具が一切ない。

(様子見だろうか？)

さらに男性へと近づいていくと、その男が何を言っているのか分かった。

お経だ。

D社のジャケットで上下を包んだ男が、一人で真っ暗な海に向かってお経を唱えている。

(気持ち悪い奴やな……)

気味が悪いと思ったそうだが、釣りをしないのなら場所を譲ってもらおうと、男に話しかけた。

「おはようございます。様子を見に来たんですか？」

すると、男はお経を唱えるのをやめてゆっくりと振り返った。

「うわぁー！」

田中さんは男の顔を見た瞬間、叫び声を上げてしまった。

男の顔は白子のように白くぶよぶよと膨張しており、どう見ても土座衛門（水死体）にしか見えない。

「アノ……コ……レチ……」

後ろから振り絞った声が聞こえたが、田中さんに振り返る余裕はなかった。

必死の思いで駐車場まで戻ってきたときには太陽が昇り始めており、辺りは薄っすらと明るくなっていていた。駐車場の横にある土産屋には明かりが灯っており、中で人が動き回っているのが見える。

一気に現実に引き戻され、先ほど見たのは何かの間違いだったのではないかという考えが頭をよぎる。一度車に荷物を仕舞い、タバコを吸いながらゆっくりと考えてみた。

（普通の釣り人を見間違えたか？　いやいや、そんなことはないし……ただの幻か？……）

考えても答えは出てこなかった。

その頃には辺りは完全に明るくなっており、鶏の鳴き声がどこからか聞こえてきた。完全に朝を迎えている。その朝の空気が、田中さんの恐怖心を取り払ってくれた。

（確認しに行くか）

道具を持たずに、先ほどの地磯を目指して歩いていく。

五分ほどで到着するが、人の気配はない。

件の男性が立っていた場所まで行き、キョロキョロとあたりを見回すと、地面にピンオンリールが落ちていた。

（そういえば、あの男は最後に『コレチ』って言ってたよな？　俺に渡そうとしたのか？）

ピンオンリールのメーカーは、あの男が来ていたジャケットと同じD社だった。

きっと大事にしていたものだろうけど、自分がそれを使うのはどうも躊躇われたため、田中さんはその足で神社に向かい、神主さんに事情を話してピンオンリールを預けた。


その日はそのまま家に帰り、釣りはしなかったそうだ。

十　廃ホテル　一　佐賀県神埼市神埼町

佐賀の心霊スポットで有名な「イノチャン山荘」という廃墟がある。

ある土曜日の夕暮れ時に、私が友人と二人でイノチャン山荘を探索していたところ、地元の青年と思わしき四人組が自転車で廃墟の敷地内に入ってきた。

心霊スポット巡りを趣味としている人は、当然怖い体験談を持っていることが多く、この時もチャンスとばかりに話しかけると、やはり、他の場所でも怖い思いをしたことがあるという事だったので、以下に書き記すのはその時に聞いた話だ。

神埼市在住の「中本さん」は、心霊スポット巡りが趣味で、自動車免許は持っていないため、休日になると自転車で神埼周辺の心霊スポットをまわっている。

ある日の夕暮れ時、神埼市にあるコテージタイプのラブホテルを友人と二人で訪れていた。

入り口は不法投棄の山となって、底が抜けないように注意しながらゴミの山を登り、施設内へと入っていかなければならない。

施設内は、植物が生い茂っておりジャングルのような状態だが、草木の間にボロボロのコテージが数軒と管理棟らしき建物が見える。

「荒れ放題やね」

自然の楽園となった施設内を恐る恐る進み、コテージ内の様子を一軒ずつ伺っていく。

内部はぐちゃぐちゃに破壊されていたが、床の腐敗は進んでいないようで、入って歩き回ることもできた。割れた窓ガラスや綿の飛び散ったソファーに対して、元の状態そのまま残っている浴室とのギャップが何やら不気味だ。

さらに、ガラスの割れた窓からは雨が降り込んでいるようで、部屋中にカビが生えており、カビ臭さで吐き気を催してしまう。

「ここ、あんまりおらんほうがいいね。出よう」

中本さんは友人に促すと、次のコテージに移った。

そうやって速いペースで全てのコテージ内を探索し終わると、最後に残ったのは入り口付近にある管理棟だった。ここだけが施設内唯一の二階建てで、管理人一家が暮らしていたのだろうと推測できる大きな建物だった。

「中本、俺ここだけは気持ち悪いんやけど」

「マジで？　今コテージを先に回ってきたけど、俺もこの建物だけは入りたくなかったんよね……」

二人とも、この管理等から漂っている只ならぬ気配を感じていたらしい。

「帰る？」

「いや、ヤバいけんこそ入ろう」

中本さんのデジカメを持つ手に力が入る。

写真を撮りながら室内を見回すと、奥に階段が見える。

「とりあえず二階から行こうぜ」

足元にはゴミが散乱しているため、足場に十分注意しながら階段まで向かい、大きな机を横目に二階へと上がっていく。

二階には和室・トイレ・風呂があり、やはりここは管理人一家の生活スペースだったようだ。気になる個所の写真を撮り終わると、一階に戻ろうと階段へと向かう。しかし、階段の途中で足が止まってしまった。

「おい、こんなところに机あった？」

「いや、絶対なかった……」

階段の横にくっつくようにして置いてあった二メートルほどの長机が、二階に行っていたわずか三分ほどの間に『確実に』移動している。もちろん他の誰かが来たような形跡もなければ、音もしなかった。こんなにゴミだらけの室内で、二メートルほどの机を、音を出さずに動かすことができるわけはない。

「早く出よう」

さすがの中本さんも気味が悪くなったようで、出口を目指してゴミを避けながら歩いていき、もう少しという所で「ペリッ」という音とともに、目の前に貼ってあった『指名手配犯のポスター』が剥がれた。「一家三人殺人犯」という文字の下に中年男性の写真がデカデカと印刷してあるそのポスターは、ひらりひらりと一反木綿のように中本さんの足に絡み付いてきた。

「ひゃぁっ!!」

今までに出したこともないような声を上げると、無我夢中で足に絡み付いたポスターを引き剥がし、管理棟から飛び出した。

そこからは二人して、脱兎のごとく逃げだしたそうだ。

十一　廃ホテル　二　佐賀県佐賀市駅南本町

「濱さん、佐賀駅の近くにも廃ホテルがあるの知ってます？」

「いや、知りませんでした！　ぜひ行ってみたいです！」

「行かない方がいいですよ！　あそこはヤバいんで」

そう言って、中本さんが話してくれた体験談だ。


中本さんは写真撮影だけでは満足できなくなってしまい、携帯電話を使って動画を撮影しながらの心霊スポット探索を思い立ったそうだ。

その記念すべき一ヶ所目が、佐賀駅近くの廃ホテルだった。

かなり劣化が進んでいるが、ホテルの雰囲気からして元々はラブホテルだったのではないかと推測できる。

この日の探索は昼間に行っていたため、恐怖心はなかったそうだ。

携帯電話を構えて入り口から侵入する。

何かが腐ったようなに臭いが鼻を衝く。

「うっ」

胃の中のものが込み上げてくるのを感じながらも、グッと飲み込んでこらえた。

一気に暗闇に入ったため、一瞬、目のピントが合わなかったが、すぐに中の様子を見渡せるようになった。

すると、目の前数メートルのところに髪の長い女性の生首が浮いている。干し首のように真っ黒で皺(しわ)だらけのそれは、空中で斜めに傾いた状態でクルクルとゆっくり回転している。

「ふわぁっ」

声にならないような声を上げると、中本さんは逃げ出した。

「携帯動画ですか？　残念ですけど、ピントが合わなくて全く映ってなかったですね。でも、あそこは行かない方がいいですよ」

中本さんの話を聞いて、ぜひとも現地に赴き、この目で生首を見てみたいと意気込んだのだが、行こうと計画する度に、まるで妨害するかのように急用が入ってしまい、未だにその廃虚には足を踏み入れていない。

十二　松浦川　佐賀県唐津市

私の父は唐津出身で、昔は松浦川の近くに住んでおり、よく釣りに行っていたそうだ。

そんな父の親友に池永さんという方がいて、この方は漁師として松浦川で漁を行っていたらしく、一度だけ怖い思いをしたことがあるという。

漁師をしていたといっても、それは四十年ほど前、池永さんが十代の頃の話で、池永さんの父親を最後に廃業したそうだ。

当時、池永さん一家が使っていたのは伝馬船(てんません)と呼ばれるタイプの木製の船で、池永さんの父親が作ったものだったそうだ。

父親は器用な人で、作れないものはないと思わせるほど、何でも自分の手で作ってしまったそうで、池永さんの実家も祖父と父が協力して建設したものだった。

さらに、近所で蛇を捕ってきては身の部分は食べ、革は加工して近所の人に配ったりしていたそうだが、それを捌く際のナイフも手作りだった。


池永さんは中学・高校は水泳部のエースとして活躍していたため、毎日漁に出るというわけにはいかなかったが、夏休みは練習前に毎朝父親にたたき起こされて、暗いうちから伝馬船に乗り込み松浦川へと繰り出していた。

当時の漁法は投網と一本釣りで、投網ではスズキ・クロダイ・コイをメインに狙い、一本釣りでは時期によって、コイ・ウナギを狙っていた。

河口付近に潮止のための水門が設置されてしまってからは全くダメになったそうだが、それまでは毎日嫌になるほど魚の顔を見ることができた。

ウナギ釣りでは三本ほど鈴を付けた竿を出すのだが、食いが立ってきたら三本同時に掛かるものだから手に負えない。鈴は鳴りっぱなしで、船上はピークが過ぎるまでの間、まさに戦場だったという。

捕れた魚を売りに行くのも池永さんの仕事で、中学生までは真面目に、売上金額を全額父親に渡していたのだが、高校生になってからは何かと金もいるし、朝から必死に働いても一円もくれない父親に不満が募り、売上金をくすねていたのだとか。


そんな池永さんが、一度だけ漁で恐怖体験をしたことがあるという。

高校二年生の夏休み、いつものように父親に起こされて松浦川へと向かった。

まだ薄暗い中、別々の伝馬船に乗り込んで二艘で漁に出た。

その日も竿を出してすぐにウナギが入れ食い状態となり、慌ただしく漁に励んでいたのだが、ある時を境に、急に周囲の温度が下がったような気がして、全身に鳥肌が立った。

ある時といっても、自分でもはっきりとしたきっかけはわからなかった。

ただ、何か言いようのない不安が込み上げてきて、食いが立っていたにも拘(かか)わらず竿を全て回収し、広い川のどこかにいるであろう父親の姿を探した。

すると、遠くに父親の船が見えるのだが、船までの間に何かが浮かんでいる。

嫌な予感がして、ゴクリと唾を飲んだ。心臓の鼓動が早まるのを感じながら、浮かんでいる物体に近づいて行った。

太陽は登り始めており、水面を薄っすらと照らし出していて、その物体まで残り十メートルというところで正体が分かった。

嫌な予感は的中していた。そこに浮かんでいたのは、長い髪を円状に広げて漂っている女性の水死体だった。

漁師の間では、水死体を見つけたら引き上げるという暗黙の了解があるが、高校生の池永さんは目の前の水死体を船に乗せることなど絶対にできなかった。

「親父～！　親父～！」

大声で父親に助けを求めるが、波風にかき消されて父親が気づく気配はない。

必死に櫓をこいで父親のもとに向かおうとするが、なぜか全く船が進まない。それどころか、水死体がどんどん自分の船へと近づいてきている。

「親父～！　助けて～！」

半狂乱になって叫び続けていると、ようやく気付いたようで池永さんの船に近づいてきている。しかし、もうすでに水死体は船の真横にぴったりとくっつき、早く引き上げてくれと言わんばかりに、波でフラつきながら「ドン！　ドン！」と船の横っ腹に体当たりしてきている。

あまりの恐怖に目を瞑ってガタガタ震えていると、後ろから大声が聞こえてきた。

「おーい！　おーい！」

声の方を振り向くと、数人が乗ったモーターボートが近づいてきている。モーターボートはゆっくりと池永さんの船に近づくと、船の横に浮かんでいる水死体を指さして、また大声で叫んだ。

「いたぞぉー！」

船の横には佐賀県警察と書いてあった。

警察は遺体を回収し、池永さんにも遺体発見時の状況などを尋ねたそうだ。

なぜ警察がすぐに駆け付けたかというと、実はその女性は少し上流の橋から飛び込んでおり、それを見ていた通行人が警察に知らせて、すぐに駆け付けたという事だった。

その出来事があってから数日間は、怖くて漁に出るのを断っていたそうだが、何日も漁を手伝わなかったら父親がとてつもなく不機嫌になり、そちらの方も怖くなったために、また漁の手伝いを始めたそうだ。

「亡くなった女性はかわいそうだったけど、あの経験も、今となっては親父と一緒に漁をしていた頃の思い出の一つだよ」

そう言うと、池永さんは当時を懐かしむように目を細めてほほ笑んだ。

長崎の話

十三　つがね落としの滝　長崎県西海市大瀬戸町

長崎最恐ともいわれる心霊スポット、「つがね落としの滝」。

この場所では昔、キリシタンの大量虐殺があったという伝説があり、そのせいか幽霊が出るという噂が絶えない。私も二度、深夜に現地を訪れているが、そのたびに不思議な体験をしている。

一度目に訪れたのは、二〇一七年五月のことだ。

男三人を乗せた車は、山道をくねくねと走り抜けて、何軒かの民家を通り過ぎると駐車場に辿り着いた。

心霊スポットとして有名なため、肝試しに来る若者も多いせいか、落書きが目立ってい

る。山奥ではあるが、深夜に訪れる者が多いのだろう。

駐車場に車を停めた我々は橋を渡り、滝へと続くトンネルの中に突入する。このトンネル内での心霊現象の報告は多いようで、事前にその情報を知っているせいか、やけに薄気味悪く感じてしまう。しかしながら、何事もなくトンネルを抜け、そのまま無事滝まで到着し、数枚写真を撮って帰るわけだが、結局異常なしのまま駐車場まで来てしまった。

雰囲気は抜群なだけに、もうちょっと何か起こってほしいと更に探索を続けることにして、次は駐車場脇にある管理小屋周辺を調べてみることにした。

管理小屋がある場所までは細い階段を下り

ていかなければいけないのだが、三人で階段を下りている最中、「うぅ〜」と女性の声のようなものが聞こえてくる。

「今聞こえた⁉　女の声やったよね？」

「うん！　ヤバくない？」

恐怖心もあるのだが、それと同時に恐怖体験ができたという満足感もある。

女性の声らしき音に若干怯みつつも、階段下の写真をパシャパシャ撮っていると、一瞬、今撮った写真が液晶モニターに表示されるのだが、そこに何やら怪しげな何かを発見。急いでその写真を改めて確認すると、画面端にはやはり白い靄が写っている、辺りは山に囲まれており、すぐ横を川の水が流れているという状況なので、ただの靄と言ってしまえばそれまでなのだが、辺りを見渡してみても靄は出ていないし、ましてや先ほどの謎の声と相まって余計気味が悪く感じてしまう。

「帰ろっか！」

二人に声をかけると、待ってましたと言わんばかりに階段を上り始める。ようやく終わったと思った瞬間、

「うわっ！」

先頭が叫び声をあげる。私も上を見て登っていたので、叫んだ理由はわかっていた。先頭の前を白い人型の靄が横切ったのだ。叫び声を皮切りに、我々は走って車に逃げ込むと、つがね落としの滝を後にした。

二回目に訪れたのは、二〇一七年三月のこと。前回の探索から三年経っている。

前回は「幽霊をはっきり見た」とまでは言わないまでも、何かがいる雰囲気は掴むことができたし、今回はビデオカメラ三台を持ち込んで撮影しながらの探索であるため、何か撮れるのではないかと期待に胸を膨らませながら、つがね落としの滝に自動車で向かった。

今回のメンバーは四人いるため、まずは私と、後輩である山本の二人で探索し、続いて残りの二人が入れ替わりで探索に行くというスタイルの撮影を決行した。

結果から言うと、探索中は何も起こらなかったのだが、問題は車内に戻ってから起きた。

入れ替わりで撮影に向かう二人を見送ると、私と後輩は運転席と助手席に座り、車のエンジンを切ったまま待機していた。少し離れたところに街灯が一つポツンと立っているだけで、車内は薄暗く、我々の呼吸音だけが静かに響いている。

しばらくすると、目の端で何かが動いていることに気づいた。蛾でも飛んでいるのだろうかと思い、顔を助手席の外、サイドガラスの方に向けるが、何もいない。

（気のせいか……）

神経が高ぶっているせいで、幻覚のようなものを見てしまうという可能性はある。今のもきっと見間違い……そう考えている最中にも、やはり何かがガラスの外を横切っている。

おかしい。

「動いてないよね？」

「はい、動いてないですよ。どうかしたんですか？」

「ちょっと窓ガラスの外を見てみ」

そう言ってから数十秒後、後輩が顔は正面を向いたまま、小声で呟く。

「手が動いてますね……」

「やっぱり見える？　これ手よね？」

よくよく見ると、助手席側だけでなく、私の真横、運転席側の窓ガラスの外にも半透明の手がふわりふわりと漂っている。さすがに気持ち悪くなった私は、車内のライトをつけて明るくして、気を紛らわそうとしたのだが、何も言わずに後輩がパチリとライトを消す。

怖い……。

しかし、せっかくの機会なので、ここは後輩とともに手を観察してみることにする。手は複数あるようなのだが、はっきりと見えているわけではなく、かなり透明度が高いものだ。それが何本も、人が手を上下に振るようにしてフランフランと漂っている。過去に処刑されたというキリシタンたちの霊なのだろうか？

そうこうしているうちに、探索していた二人がこちらに向かって歩いており、ライトの光で車が照らし出される。その時には、手は見えなくなっていた。

戻ってきた二人に異常はなかったようで、私から手の話を聞き、驚きつつも「見たかった」と悔しそうな表情を浮かべている。さすが心霊探索メンバーだ。

このように、毎回様々な現象が起こる「つがね落としの滝」。それはキリシタンの亡霊の訴えなのか。それとも、独特の雰囲気に飲まれた人間の脳内で発生しているバグなのか。霊現象の真相を突き止めるというのはとても難しいことではあるが、この場所には他とは違う『何か』があるということは確かなようだ。

十四

うさぎ橋　長崎県長崎市鳴見町

長崎の自殺の名所といえば、有名なのは西海橋だが、その次に知られるのは「うさぎ橋」だろう。

某レジャー施設へと続く峠に架かっており、三本の橋が連続して設置してあるのだが、飛び降りが発生するのは、うさぎ橋がほとんどだという噂だ。

オカルティックな思考で考えると、きっと、この場所には人を呼び込む悪霊がいて……という風になるのだろうが、実際には橋の色や造形、モニュメントが人の意識に「飛び降り」を連想させるもので、飛び降りるのなら『ここだな』と思わせてしまうのではないかと、私は考えている。

なんといっても、うさぎ橋の入り口と出口の欄干上にはウサギのモニュメントがある。

ウサギといえば飛び跳ねるものだ。そのモニュメントが人の心理に働きかけているというのは考えすぎだろうか？

そんな想像を巡らせつつ、我々はうさぎ橋を目指して車を走らせた。


「つがね落としの滝」での探索が終わってから、うさぎ橋を目指したのだが、現地に着いたのは日付が変わる少し前だった。この日は長崎の心霊スポットを合計六ヶ所まわる予定だったので、少し時間は押している。


こちらでも先ほどと同じく、二人ずつに分かれて撮影することにした。

まずは私と後輩の「山本」が二人で橋の撮影に向かう。

標高が高いだけあって空気が冷たく、橋を吹き抜ける風が容赦なく体温を奪っていく。

自殺の名所だという先入観があるため、橋の下で動物達が走り回る音にも過剰に反応してしまう。というか、ここは動物がめちゃくちゃ多い。ガサガサバタバタと走り回る音がそこら中から響いており、まるで野生の王国だ。

「動物がかなり多いね」

何度か橋の底を覗き込みながら進んでいると、群れは過ぎ去ったようで、聞こえてくる

のは風の音のみとなった。

そして、橋の出口まで来たところで、入り口と同じウサギのモニュメントが欄干の上にあることに気付いた。それを見た山本は、不敵な笑みを浮かべてこう言い放った。

「濱さーん、これウサギっすよね？　自殺者もウサギみたいにピョンって飛び降りるんじゃないですか？」

「ここでそういうこと言うなよ！」

正直私も、似たようなことを連想してはいたのだが、さすがに現地で声に出すことは憚られた。しかし、まだ二十歳そこらの山本はそんなのお構いなしに、ニヤつきながら霊への挑発ともとれる言葉を発している。

私が軽く叱ったことによって、何となく気

まずい雰囲気になりながらも、これといった異常は確認できずに車へと戻ってきた。

続いては後発の二人が橋の撮影に向かう。

「濱さん、つがね落としの滝みたいに、また変なの出るかもしれないっすね」

「お前が挑発したせいでな！」

こいつの口の悪さはどうにかならないのかと思いながら、フロントガラスの外を眺めていると、急に四十メートルほど先の街灯下に直径一メートルほどの白い発光物体が表れた。

「おい！　あれ！　光ったぞ！」

「え!?　マジっすか？」

私は発光物体を見つけた瞬間にビデオカメラを引っ掴むと車外へと飛び出した。

走りながらビデオカメラの電源を入れ、すぐに撮影を始める。しかし、車外に飛び出た時には発光物体は跡形もなくなっていた。その間、わずか五秒ほど。

撮影を続けながら現場に近づいていくが、光る原因になるようなものは見当たらない。

発光物体は街灯の下に出たのだが、この付近の街灯は全てオレンジで色が違うし、車も来ていなかった。

「山本、お前も見たよな？」

「はい。濱さんに言われて気が付いたんで、見てたのは二秒くらいですけど……」

その後も、レポートしながら動画撮影を続けたのだが、再び発光物体が表れることはなかった。

十五　鬼ヶ島

長崎県西海市崎戸町

現在の長崎県西海市の一部は、かつて「崎戸町」という小さな町だった。

寺島、大島という大小二つの島を渡った先にある、蠣浦島（かきのうらしま）が崎戸町内だった。今でこそ橋が架かり陸路での移動が可能だが、もちろん橋が架かる前は船を使って渡るしか方法はなかった。

旧崎戸には、私の友人の恭介の叔父である滝さんが住んでおり、恭介が幼い頃はよく怖い話を聞かせてくれていたそうだ。

滝さんの生まれは崎戸なのだが、若いころはずっと福岡県で働いており、病気で目を悪くしてしまってからは旧崎戸に帰り一人暮らしをしている。

私が怪談本を書くようになってから、恭介には心霊スポット取材に同行してもらったりと、日ごろからお世話になっていたのだが、ある時、滝さんの話を聞かせてもらい、それならばぜひ取材させてくれと頼み込み、二人で旧崎戸に向かうことになった。

福岡市から旧崎戸までは二時間ほどかかるので、それぞれの近況報告や、滝さんがどんな人なのかを聞きながら車を走らせた。

途中のスーパーで、滝さんの好物である菓子と酒を買い込んでから家へと向う。

この日は恭介の提案で、滝さんには内緒で家を訪れて驚かそうという計画だったので、チャイムを鳴らさずにいきなり玄関の扉を開け放つ。カギは閉まっていなかった。

「おじちゃーん！　恭介やけど遊びに来たよ！」

「おー恭介か！　久しぶりやなぁ。いきなり来るけん、ビックリしたやないか」

そうやって久々の再会を喜び合い、土産物を渡したところで、話は怪談取材へと移っていく。

「今日は濱っていう友達連れてきたんやけど、濱はライターで、本書いとうっちゃんね！で、次の本も書きたいってなんやけど、おじちゃん怖い話詳しいよね？」

「おぉ！　そりゃすごいな。でも、俺はそんな本に書ける話なんか知らんぞ」

「いや、だって、おじちゃん昔はよく怖い話してくれよったやん」

「してないよ。俺はそんな知らんって。せっかく来てもらったのに申し訳ないけど、本に載せられるような話はないなぁ」

滝さんは困ったような顔をしてそう答える。

部屋を沈黙が包み込み、気まずい雰囲気になった。それを打破しようと、滝さんは新たな話題を振ってくる。

「恭介、そういえば弟はモデルと付き合っとるんやって？」

その一言から、話は身内の近況報告会に移った。


恭介たちが身内の話で盛り上がっている間に、運転の疲れもあり、私は床に突っ伏して眠ってしまった。

「濱！　濱！」

恭介に揺さぶられて目を覚ました。

「おじちゃんが、怖い話一つだけあるって！」

「いや、まあ怖い話というか不思議な話というか……」

目を覚ましたばかりで話が掴めなかったのだが、怖い話と聞いて一気に目が覚めた。

「どんな話なんですか？」

「ここまで来たんやったらわかるやろうけど、この崎戸っていうのは、いくつか橋を渡って来ないかん。橋がないころは罪人の島流しの刑なんかにも使われとったりして、この島は『鬼ヶ島』って呼ばれとったこともあるらしい。俺が爺ちゃんからこの話を聞いた時は、幼心に、きっと罪人のことを鬼って呼ぶんやろうなって思っとったんやけど、どうも、その鬼っていうのは本当におるのかもしれん」

そう言うと、滝さんはニヤリと笑った。


元々炭鉱島として栄えていた崎戸町であったのだが、時代の移り変わりとともに炭鉱は次々に閉鎖され、町を賑わせていた商業施設は廃業していき、廃墟だらけの島となっていった。

今でこそ、当時の建物はほとんど解体されてしまい残っていないのだが、滝さんの少年時代には至る所に廃墟が存在しており、子供たちの絶好の遊び場になっていたそうだ。

その中でも一番多く通っていたのが、炭鉱夫が住んでいたアパートの廃墟で、そこの二階の一室を秘密基地として使用しており、仲間内での溜まり場となっていた。

中学の頃にはタバコを吸い始めていたという滝さんは、仲の良い友人三人で学校が終わるとその一室に籠もり、タバコをふかしながらバカ話に花を咲かせていた。

ある時、いつものように三人で集まっていると、開け放った窓から獣のような匂いが漂ってくる。

「なんか臭くねぇか?」

「そうやな。でも、ここ二階やぞ」

おかしいとは思ったものの、それほど気にはせずに話を続けていると、外から足音が近づいてきた。

ジャリッ、ジャリッ、ジャリッ、
その音がやけに大きくて、ゆったりとしている。まるで巨人が歩いているかのような、そんな足音だ。

「なんこれ? 近づいてきようぜ?」

異様な気配に身を強張らせていると、その足音は窓のすぐ外までやってきた。

ジャリッ、ジャリッ、ジャリッ、

姿が見えてくる。二階の窓であるにもかかわらず、肩から上がのっそのっそと上下しながら目の前を横切っていく。赤い肌に、黄色の髪に角。完全に、昔話に出てくる鬼の姿だった。建物の大きさから考えると、身長は四〜五メートルあることになる。

「今の見たか?」

「鬼やったよな……」

「逃げようぜ」

「ばか！　外で待ち構えとうかもしれんやろ！」

三人の中で一番気の弱いタケシは、ガクガクと震えながら涙を流している。鬼は三人に気付くことなく通り過ぎて行った。

「行ったや?」

「おぉ、でも、外おるかもしれんな……」

今は部屋の中にいるから良いが、あれと、もし外で出会ったら……

そう考えると恐ろしくて堪らなくなり、辺りが完全に暗くなるまで秘密基地に籠もっていたそうだが、腹も減ってきたし、獣の臭いや足音も全くしないので大丈夫だろうと外に出て、二階から辺りを見回すが鬼の姿は無い。ようやく肩の力が抜け、走ってアパートから離れると、それぞれの家に帰ったそうだ。

その出来事以来、アパートには行ってないし、鬼を見ることもなかったという。

十六　坂本国際墓地

長崎県長崎市坂本

「坂本国際墓地」は、元々外国人を埋葬していた「大浦国際墓地」という場所が手狭になってしまったため、一八八八年に開園した長崎で一番新しい国際墓地である。

墓地の入り口横には、自らも原爆の後遺症に苦しみながらも被爆者の救護に力を注いで、世界に平和を訴え続けたクリスチャンでもあった医学博士・永井隆博士夫婦の墓もある。

さらに、動乱の幕末を己の商才で潜り抜け、日本の近代化に大きく貢献した商人・トーマス・B・グラバーもこの地に眠っている。

そんな、異文化と交流し続けてきた長崎の歴史を垣間見ることができる場所なのだが、若者の間では心霊スポットと呼ばれることも。

私は七年ほど前まで、シボレーのトレイルブレイザーというアメ車に乗っており、カスタムカー愛好家の集まりなどにもよく顔を出していたのだが、その時に知り合ったのが、USトヨタのタコマというアメ車に乗っている牧本さんで、この話は彼から聞いたものだ。

牧本さんは、若いころは彼女と野外で戯(たわむ)れることが多かったそうだ。

そして、坂本国際墓地は心霊スポットとも呼ばれているが、カップルがイチャつく場所としても知られており、夜中に若い男女が手を繋いで入っていくこともあるそうだ。

この牧本さんは坂本国際墓地の常連で、罰当たりなことではあるが、彼女が怖がる様を見ながらの行為は、とても興奮するものであったという。

しかし、あることをきっかけに外で彼女と戯れることはなくなったそうだ。

その日は彼女と夜景ドライブを楽しんだ後、いつものように坂本国際墓地に向かい、奥の暗がりで抱き合いながら唇を合わせていた。

時折、人が来ていないことを確認しようと辺りを見回すのだが、その時もまわりには誰もいない、はずだった。

「ええですね、お兄さんら」

急に後ろから声がしたため、牧本さん達が驚いて振り返ると、そこには小柄な老人が立っていた。

「僕は大阪から来たんですけどね、友達がこっちにおらんのですわ。だからこうやって夜に出かけとるんですけどね、そしたらこの前、大阪の友達と偶然会ってビックリしたんですわ」

「うるせぇよジジイ！　失せろ！」

事態をうまく呑み込めなかったが、とりあえず目の前の老人が邪魔であることは間違いない。

「そんなに言わんでもいいやないですか。僕たち、もう友達やないですか」

「んなわけねぇだろ！　テメェ殴られたくなかったら、とっとと失せろ！」

「はぁ、お兄さん気ぃ短いわ。そんなんじゃ、やっていけまへんで？　僕な、ここで新しい友達出来たんや。お兄さんが暴力ふるうって言いはるなら、友達呼びますわ」

「呼んでみろよ！　来なかったらブチ殺すぞ！」

「ねぇ、この人おかしいよ。もう行こうよ！」

「ちょっと黙ってろ」

彼女は怯え切っていたそうだが、このままノコノコ逃げ帰っては、自分のメンツが丸潰れだと牧本さんはいきり立っていた。

「しゃーないなぁ。呼びまっせ。おーいジョンソン！　ジョンソンおるか!?　来てくれへんか？」

老人は大声で呼びかけるが、何も反応はない。

「誰も来ねぇじゃねーか、ジジイ！」

そう言って牧本さんが掴みかかろうとしたところ、フッと体が浮いて後方へ投げ飛ばされた。地面に腰を打ち付けて悶えたが、本当に誰かが来ているのなら彼女が危ない。体を起こし周りを見渡すが、そこにいるのは彼女と老人だけだ。彼女は泣きながら牧本さんに駆け寄り、急いで起こそうとしている。

「ヤバいよ普通じゃないよ！　早く逃げよう！」

訳が分からなかったが、とにかくこの老人は何かとんでもないものを味方につけているのではないか。そう考えると恐ろしくなり、彼女と一緒に出口に向かって走りだした。

「お兄さん逃げはるんですか？　せっかく友達なれると思ったんに、残念ですわ。なあジョンソン？」

その言葉に反応して牧本さんが振り返ると、老人の横には大きくて半透明の、ヒト型のなにかがのっそりと突っ立っていた。

その一件以来、牧本さんが彼女と野外で戯れることはなくなったそうだ。

十七　西海橋　長崎県佐世保市針尾東町

長崎では言わずと知れた自殺の名所であり、心霊スポットとしても有名な「西海橋」。

ある朝、いつものように牧本さんが橋を通って会社に向かっていると、道の脇に花束が供えてあった。

（昨日の夜、飛び降りたんやろうか？）

この橋を通って通勤するようになって、もう数年経つ。こうして時折、新しい花束が供えられていることがあるが、何度見ても気持ちのいいものではない。

その日の仕事を終えて、橋を通って家に向かう頃には二十三時をまわっていた。

その時間になると車もまばらで、新しい花束が供えてあった橋を通るのは些(いささ)か気味が悪

い。

橋に突入して真ん中あたりに差し掛かったところで、目の端に、薄っすらと光る発光体を捉えた。

（え？）

そちらに顔を向けると、件の花束の真上に緑色の火の玉が浮かんでいる。

「うわっ！」

思わず声を上げ、車のスピードを上げて橋を過ぎ去った。そのままカーオーディオの音量を上げて家まで帰ったそうだ。

家に着くと、まずは仏壇に手を合わせる。

牧本さんは幼いころに母親を亡くしており、朝晩仏壇に手を合わせるのが日課になっていた。

その日もいつものように仏壇に手を合わせたのだが、線香の煙がおかしな動きをしている。普通なら天井に向かってユラユラと漂っていくのだが、この日は煙が一点に集まって何かの形を成そうとしているようだ。

しばらくそれに見入っていると、段々はっきりと判別できる形になってきた。

そこに現れたのは見知らぬ女の顔だった。

「ヒッ！」

声にならぬ声を上げた牧本さんは、急いで自分の部屋に戻って、灯りを点けたまま逃げるようにしてベッドに横になった。


目が覚めた。

なぜか、点けっぱなしにしていたはずの電気が消えている。時計を見ようと目を動かすと、いつも寝るときには必ず閉めているカーテンが開いている。

（おかしい……）

違和感が生じて起き上がろうとしたその時、自分の体が鉛のように重く、全く動かないことに気付いた。金縛りだった。

顔は窓の方を向いたままなのだが、ガラスの向こうに見える月明かりの中に、何かがいるのに気付いた。じっと目を凝らすと、そこには白く生気の無い女の顔だけが浮かんでおり、牧本さんをじっと見つめている。

（え？　なんこれ？　やばいやばい！）

一刻も早くこの状況を脱したい牧本さんは、心の中で必死になって謝ったそうだが、女の顔は無表情のまま、じっと牧本さんを見つめている。

体中に汗が吹き出し、逃げようとするも体は動かない。早く終わってくれと祈るしかなかった。

しかし、女の顔は容赦なく牧本さんに近づいてきた。ガラスをすり抜けてスゥーっと滑るようにしてやってくる。

（ごめんなさい！　何もできません！　ごめんさい！）

女の顔は牧本さんの顔の前でピタリと動きを止めると、一言呟いた。

「お母さんに感謝しな」

そう言うと、見る見るうちに消えてしまったそうである。

ようやく体が動くようになった牧本さんは、ベッドから飛び起きて部屋の電気をつけた。

カーテンは開いたままだ。そのカーテンをピシャリと閉めると仏間へと向かった。

仏間の襖を開けると、中には線香の香りが充満していた。

(きっとお袋が助けてくれたんだ)

牧本さんは、今でも毎日欠かさず、お母さんの仏壇を朝晩拝んでいる。

熊本の話

十八

阿蘇大橋

熊本県阿蘇郡南阿蘇村

二〇一六年四月十四日に発生した熊本地震によって崩落した「阿蘇大橋」。交通の要所として、また、観光名所として多くの人が集まる熊本の名所であったが、この橋にはもう一つの顔があった。それは「自殺の名所」と言う意味だ。

今までに百人以上の人間が飛び降りているとも言われており、九州でも有数の自殺の名所となっていた。そのため、心霊スポットと呼ばれ、夜になると肝試しに来る若者が絶えない場所でもあったのだが、この場所には確かに人を引きずり込む魔力のようなものがあると、私自身の体験からそう考えていた。

時は二〇〇九年に遡る。当時、私は飲食チェーンの店長として熊本市内の店舗に異動することが決まり、初めて福岡以外の土地に住むことになった。近隣店舗の社員とはたまに飲みに行くこともあったのだが、私の大好きな心霊スポット巡りに行きましょう！　とは言えずに、休みの前日になると一人寂しく熊本中の心霊スポットをまわるという日々を送っていた。

西南戦争の激戦区である熊本には、田原坂や吉次峠などの戦争に纏わる場所や、有名な廃病院、熊本最恐と言われる「旧佐敷トンネル」、果ては殺人事件があってからそのまま放置されている廃屋など、心霊スポットの宝庫で、繁忙期には朝六時～深夜二十四時くらいまで店舗にいなければならないというストレスまみれの生活も、次はどこの心霊スポットに行こうかと考えながら、ワクワクすることによって乗り越えることができた。

その中でも、当時一番通ったのは阿蘇大橋だった。

熊本市内に住んでいたため、ドライブとしても丁度良い距離だし、夜の山中にかかる大きな橋をぼんやり眺めていると、小さな悩みなんて川底に落ちていってしまうような気がして、足繁く通っていた。

しかし、この橋を夜中に訪れると、毎回何やらトラブルが起こっているのを目にするの

だ。

一回目、私は橋の近くの駐車場に車を停めて、ライトアップされたその全景を眺めていたのだが、橋のど真ん中に車が停まっている。肝試しに来た若者かと思ったが、先にも述べた通り、阿蘇大橋は交通の要所であり、深夜でもトラック等はひっきりなしに通る場所である。こんなところに車を停めてどれだけ常識がないやつなんだ！　と憤（いきどお）っていると、中から人が出てきて、携帯電話で何やら話をしている。

そして、車の周りをおろおろと動き回ったかと思うと、おもむろに車を押し始めた。しばらくしてやってきた後続車がそれに気づき、車を停めると外に出て一緒に車を押しているではないか。そう、肝試しをしているのではなくて、どうやら橋のど真ん中でエンストしたらしいのだ。よく、心霊スポットに行くと車が動かなくなるなんて言うが、私が見たのはまさにそんな光景だった。

数週間後、二回目に阿蘇大橋を訪れた私は、前回と同じ駐車場に車を停めて、同じ様に橋を眺めながら黄昏(たそがれ)ていた。橋の手前には信号機があり、橋を渡るには信号を右に曲がらなければならず、その時は深夜にもかかわらず数台の車が橋へと続く車線で信号待ちをしていた。

信号は青になったのだが、一番前に停まっていた、黒塗りの「いかにも」なハイエースは動かない。

業を煮やした後続のセダンが、強めにクラクションを鳴らす。

プーーーー!

ハッとしたかのように動き出すハイエース。

だが、その後は予想通りの展開が待っていた。

「オリャーー! お前、喧嘩売っとるんかぁ!!」

ハイエースは橋のど真ん中で車を停めて、降りてきた大柄でスキンヘッドの運転手が、後続のセダンの運転手に文句を言っている。先ほどのクラクションの鳴らし方が気に入らなかったようだ。

「てめぇが行かねぇからだろうがよ！」

セダンの運転手もなかなか気の強い人のようで、窓を開けて大声で言い返している。

（やってんなぁ）

冷めた眼差しを向けていた私だが、ふと、あることに気づいた。

（この前も橋の真ん中で車が停まっとったし、今日も真ん中で車が停まっとう。これなんかあるんやない？）

事故多発現場や自殺の名所と言われるような場所には、引きずり込もうとしてくる悪霊がいると言うが、私の目の前で毎回起こっているこのトラブルこそ、まさにそういった類の者の仕業ではないのか？

次は、自分が試してみよう。

そう決意した私は、おっちゃん達の喧嘩を眺めた後、帰路に就いた。ちなみに、おっちゃん達は散々言い合ったらスッキリしたらしく、最後は握手をして帰って行った。

喧嘩の観戦から数週間後、私は改めて単身で阿蘇大橋へと車を走らせた。

今までは橋の手前に車を停めて眺めたり、そこから徒歩で橋の上を歩いたりしていただけなのだが、今回は、私が見てきたトラブルに合っている人たちと同じように、車で橋を往復するという作戦に出ることにした。

信号は赤、深呼吸して青にあるのを待つ。しばらくして青になると、緊張感を持ちつつ車を橋へと突入させる。心臓が高鳴り、アクセルを踏み込む足に力が入る。全長約二百六メートルの橋は、車だとあっという間に通り過ぎてしまう。異常は無い。

（ふう）

溜息を吐きだし、安堵とともに残念な気持ちが込み上げてくる。

（なにかあればネタになったのに）

そこで多くの人が亡くなっているということを忘れ、好奇心を抑えきれずに不謹慎なことを考えてしまった私にバチが当たったのだろうか。帰り道で問題は発生した。

何事もなく今日も終わると信じ込み、音楽を流しながら軽快に橋上を走っている時だった。

バン！

橋の真ん中あたりで、何かを踏んだような衝撃と、鈍い音。

（え？　嘘⁉　なんやろ？）

頭の中がはてなマークで埋め尽くされる。とりあえず橋を走り抜け、いつも車を停めていた駐車場に入ると、外に降りてタイヤを確認した。

（うわ！　パンクしとう！）

釘などは刺さっていなかったのだが、前輪は片方空気が抜けてプヨプヨになっている。応急処置として、スペアタイヤに換えて何とか帰ることはできたのだが、遂に私自身にもトラブルが降りかかってしまった。

結局のところ、私が見てきたものは全て偶然だったのか、はたまた、悪霊のようなものの力が働いているせいだったのかはわからないままだ。

しかし、阿蘇大橋は二〇二〇年度を目途にコンクリート橋として復旧される予定なのだそうで、復旧された後、この橋がどうなっていくのか、しっかりと行く末を見守っていこうと思う。

十九　S病院　熊本県熊本市北区植木町

植木町の丘上にひっそりと佇んでいる廃墟。

一般的には「S病院」と呼ばれることが多いが、実際には老人ホームとして作られ、しばらく運用された後、廃虚になったという説が有力のようだ。

しかしながら、霊を見たという情報は後を絶たず、熊本県民のみならず、とある大物怪談師も訪れたりしていることから、超一級心霊スポットのような扱いをされている。

前話に書いた通り、私は熊本市の飲食チェーンで店長をしていたのだが、空き時間には他の従業員たちと怖い話で盛り上がることも多く、S病院での体験談もその時に聞かせてもらった。

花田君がS病院を訪れたのは、この話を聞かせてもらう二年ほど前、車の免許を取ってすぐのことだったそうだ。

路肩に車を停めると、ラブホテルへと続く坂道を友人と二人で登っていき、そのままラブホテルを通り過ぎるとS病院が見えてくる。

建物の数十メートル前には立ち入り禁止の看板が立っており、チェーンで封鎖されていたが、当時の花田君達は全く気にすることなく乗り越えていった。

建物の前に立つと、その凄まじい迫力に圧倒されたが、勇気を振り絞って一歩ずつ入り口へと近づいて行った。

入口から中を覗くと、奥の壁辺りに光る物体がある。LEDのように見える小さな明かりは、しばらく宙を漂っていたがいつの間にか消えていた。

「今の光見た？　なんやろあれ？」

「さぁ……」

「人おるんかもね」

原因は特定できなかったものの、ここで引き返すわけにはいかないと、不気味な気配を感じながらも、ライトを点けて内部の探索を始める。

内部の壁はものすごい量の落書きに覆われており、いかにも心霊スポットという雰囲気だ。備品なんかはぐちゃぐちゃに散らかっており、天井からはパイプや訳の分からない布のようなものが垂れ下がってきている。

張り詰めるような空気を感じながら数十メートル進んだところで、左手に半開きの扉があるのを見つけた。

キィーキィーキィー……。

風のせいか、軋み音を響かせながら前後に動いている。しかし、ただ動いているだけではなかった。

「ハァー、ハァー、ハァー……」

ドアの中からは、獣のような荒い息使いが聞こえてきている。

「これも風の音?」

「わからん……」

「開けてみようか?」

「マジで?　やめとけって!」

二人は小声で囁き合った後、花田君は友人の制止も聞かずに扉へと手を伸ばした。

ガチャッ、ギィィーー……

鈍い音を立てながら扉を開け放つと、その先には階段が見えた。

(誰もいない……)

そう思い、二人が安心したのも束の間、
ガタガタガタガタガタ！

階段の上から複数の人間が全力で下ってくる音が聞こえた。

音が聞こえ出した瞬間、二人は出口目指して走り出したのだが、勢いよく扉から出てきた足音は、自分達とは反対方向に向かっていく。

(え？)

走るスピードを緩めて花田君が振り返ると、そこにはまた『LED のような明かり』が出てきており、数体の黒い人影が光を目指して走っている。黒い人影は光に辿り着くと、まるでその中に吸い込まれるようにして消えていった。

「あれって『霊道』ってやつだったんですかね？　その途中に扉があって出られなかった

のが、僕が扉を開けたから、彼らはそっちの世界に行くことができたんかな？　良いことをしたのかもしれませんね……」

二十　自殺　熊本県熊本市

本書の冒頭でご紹介した綾香さんは、今は転職して福岡に戻ってきているが、以前は自衛官として熊本市の某駐屯地に勤務していた。この話は綾香さんの自衛官時代の体験談である。

某駐屯地に異動した初日、仲間たちと食堂に向かって歩いている時に、それは姿を現した。

食堂は普段生活している棟とは別の棟にあるため、一度建物を出て外を歩いて行かなければいけないのだが、その途中にある、飲料水の自動販売機の真上に当たる屋上に誰かが立っている。

（え？　あんなところに人が？）

嫌な予感がして目が離せない。

すると、屋上にいる人は助走をつけて自動販売機の方に向かって飛び降りた。

「キャー！　人が飛び降りた！」

その声に周りの人が反応して、一気に視線を向けてくる。

綾香さんは視線を離すことができずに、飛び降りた人を見続けていたのだが、その人は自動販売機くらいの高さでフッと消えてしまった。

（え？　人間じゃなかった？）

その後、すぐに騒ぎを聞きつけた上官に呼び出されて、このような話を聞かされたそうだ。

「君、飛び降りる人を見たって？」

「はい……」

「そうか。あの場所なんだけど、本当に昔飛び降りた人がおってね。君が見たのは間違いではないと思うんだけど、他の人を不安にさせてしまうから、もう次からは見えたとしても絶対に言わないでほしい」

「わかりました……」

それからも、その場所を通るたびに飛び降り自殺は繰り返されていたのだが、なるべくそちらを見ないようにして、口に出すことはしなかったそうだ。

二十一　ぶつかる　熊本県熊本市

この話も綾香さんが熊本市の某駐屯地に勤めていた頃の話である。

その駐屯地では新館と旧館があり、まだ入隊して間もない綾香さんは旧館に入っていた。旧館の一階、一番奥の部屋は開かずの間になっており、一応物置きとして使われてはいるのだが、ほとんど物も入っておらず、普段は使用禁止の札が張られている。

なぜ、その部屋が使用禁止になっているのか先輩に聞いてみると、「新人をその部屋に入れると必ず数人がやめるから」だそうだ。

さらに駐屯地内で、綾香さんに不可思議なものが見えているという話は広まっていたため、先輩からこんな忠告も受けていたのだという。

「あの部屋から体操服姿の人が出てきて、道を聞かれたりしても答えちゃいけないよ」

（んなわけあるかよ）

そうは思っていたものの、その部屋からは確かに気味の悪いものを感じていたため、なるべく近寄らないようにしていたのだという。

そんな中、年に一度の大掃除で、綾香さんは初めて開かずの間に仲間と三人で入ることになった。

普段は締め切られているせいか、中はカビ臭く、陰鬱（いんうつ）な空気が漂っていた。

（この部屋、下手な心霊スポットより雰囲気やばいやん！）

雰囲気に圧倒されながらも、綾香さん達は部屋の掃除を淡々と進めていたのだが、急に誰かから肩をたたかれて振り向くと、そこには体操服姿で生気のない女が立っていた。

「あの〜、○×▽はどこですか？」

体が固まってしまい動かない。一緒に掃除をしていた仲間達も、体操服の女を見て凍り付いている。

「あの〜、○×▽はどこですか？」

女は繰り返し道を聞いてくるのだが、どこへ行きたいのかは、はっきり聞き取ることができない。

「知りません！」

体を震わせながら精いっぱいの声で叫ぶと、女は踵を返して部屋の外に向かって歩き出した。三人は体が硬直したまま、ゆっくりと歩いて行く女を目で追っている。

女はそのまま部屋の入口まで行くと、スゥーっと消えてしまった。

「キャー！」

三人は叫びながら部屋を飛び出し、上司に今起こったことを報告したそうだ。

「ほんとに見たんか？　あの部屋では、昔新入りの隊員が自殺したことがあってね……このことは誰にも言わんでほしい」

またもや口止めを食らった綾香さんは、今まで以上にこの部屋を避けて生活するようになったという。

二十二　○月怖い

熊本県熊本市

それがいつから始まったのかはっきりと覚えていないそうだが、綾香さんは熊本の駐屯地で働いていた頃、同じ夢をよく見ていたそうだ。

自分が真っ暗闇の中にポツンと立ち尽くしていて、目の前にはスーツを着たサラリーマン風の男性が一人、こちらを向いて立っている。口元をもごもごと動かしているのだが、最初は何を言っているのかわからなかった。

しかし、その夢を繰り返し見るうちに、段々と声が聞き取れるようになってきた。

「○月怖い。○月怖い。」

○部分は聞き取れないのだが、○月怖いと言っているのはわかる。

元々不思議な体験をすることが多かった綾香さんは、この夢にも何か意味があるのではないかと考え、ネット上で自分の夢について調べ始めた。

「スーツ姿　見知らぬ男性　怖い」

検索をかけるものの、有益な情報は出てこない。

このまま自分の中で抱え込んでいるのも怖い気がしたので、仲の良い友達には、その夢のことをできるだけ話すようにして、不安を和らげていたのだという。

その後も同じ夢を見続けていたのだが、少しずつ男の話す内容は変わってきていた。

「〇月怖い。来る。来るぞ」

一体なにが来るのだろうか?

言いようのない不安を抱えつつも、その男の言葉を日々ノートに書き綴（つづ）っていたのだが、ある日、男の発する言葉が全てわかったのだという。

その日も、男はいつもと同じスーツ姿で、暗闇の中から語り掛けてくる。

「四月怖い。怖い。もう来る。揺れる。来るぞ。怖い。四月怖い」

目が覚めると、体中がびっしょりと汗ばんでいるのが分かった、その日は二〇一六年四月十三日だった。

翌日、二〇一六年四月十四日二十一時二十六分、最大震度七を記録した熊本地震が発生した。

それ以来、あのスーツ姿の男が夢に出てくることはないそうだ。

二十三　幣立神宮（へいたてじんぐう）

熊本県上益城郡山都町

山都町の山中に「高天原・日の宮」と呼ばれる「幣立神宮」がある。

高天原とは、「古事記」の冒頭「天地（あめつち）のはじめ」に神々の生まれ出る場所として、その名が登場し、「日の宮」とは天照大御神（あまてらすおおみかみ）が住む宮殿であり、天照大御神の子孫である天皇の住む御殿のことでもある。

高天原の所在地については諸説あるようで、古事記の内容をどうとらえるかによって見解が大きく異なり、日本各地には高天原と呼ばれる場所が十数か所あるので、興味のある方は調べてみるのも面白いだろう。

この話は、「風の見える丘公園」の後半部分に登場した、私の行きつけの美容室のオー

ナーである重田さんから聞いた話だ。

数年前、重田さんは知人から幣立神宮が有名なパワースポットであるという噂を聞きつけ、ドライブがてら家族と参拝に行ったそうだ。

現地に着くと、参道には巨大な杉の木が立ち並んでおり、厳かな空気を漂わせながら参拝客を受け入れている。

鳥居へと続く階段の下から見上げると、本殿には日本国旗が交差して掲揚されていたため、驚いたそうだ。二月十一日の建国記念日には国旗を掲揚する神社は珍しくないと思うが、年中となると滅多にないのではないか。

階段を上っていくにつれて増していく張り詰めた空気を肌で感じながら、境内に入る。

本殿の横では宮司さんと女性が話しているのだが、女性は俯いたままで全く宮司さんの方を見ようともしない。なぜか、その女性が気になったそうだが、まずは手水舎で身を清める。そして本殿へと参拝に向かったのだが、その時には女性の姿は見えなくなっていた。

参拝が終わり、境内を見て回ろうと本殿の左側に回り込むと、そこには二つの社があるのだが、その一つに先ほどの若い女性が手を合わせていた。ジーンズにノースリーブという後ろ姿で、風に乗って甘い香水の香りが漂ってくる。

女性が参拝している隣の社へと進み、家族揃って手を合わせていると、隣からすすり泣くような声が聞こえてくる。その声に反応して顔をそちらに向けようとしたその時、奥さんから腕をガシッと捕まれて、小声で囁かれた。

「見ちゃダメ」

その声が微かに震えているのを察知して、恐ろしくなった重田さんは前を向きなおして手を合わせるふりをした。

暫くすると、「もう大丈夫」と奥さんが顔を上げたため、自分も顔を上げて隣を見ると、そこには女性の姿は無かった。その間十秒ほど、キョロキョロとあたりを見回していると、それに気づいた奥さんがこう言った。

「さっきの生きてる人間じゃないよ。こんなに天気いいのに影なかったじゃん」

そこで初めて、自分があの女性をなぜ気になったのか、ようやく気付いた。

大分の話

二十四　赤迫池

大分県大分市丹川

　大分の心霊スポットの中でも、その危険度は上位に入ると言われている「赤迫池」。

　噂によると、その昔、池の水が枯れてしまうことを恐れた人々が生贄(いけにえ)を捧げていたという話や、この池は自殺の名所であるという話もあるが、基本的に、公園や池、ダムは、自殺が一件や二件起こっているのは、さほど珍しいことではない、という話が。

　というのも、日本の年間自殺者数は約三万人と言われているが、不審死の数は十五万人を超えており、その半数ほどを「遺書のない自殺」だと考えるならば、実際には毎年三万人よりかなり多い数の人間が、自ら命を絶っているということになる。

　自宅で自殺する人も多いのだろうが、野外での死を選ぶ人もいるわけで、公園や池、ダムというのは、人目につかない場所にあることが多く、かといって、そのまま見つけられずに忘れ去られてしまう可能性は少ないという条件が揃っているため。死に場所として選ぶ人が多いのだ。

これほど多くの自殺者が出ている昨今において、事件性や特異性がなければニュースに出ることはほとんどなく、人々には知られていないが、実は過去に数人の自殺者が出ている場所、なんてのはザラにあるのだ。


赤迫池もそういった話がささやかれているが、特に危険なんてないだろうと考えながら現地へと向かったのだが、車を停めて池へと近づいていくと、その場所で不思議なものが目に留まった。

道の脇にコンクリートの土台があり、その先に地面から竹が突き立てられていて、竹の先端には何か紙のようなものが挟まれている。

「ちょっとそれ取ってみて」

一緒に探索をしていたメンバーの一人に声をかけると、紙の上部を掴んでスルッと引っ張り上げた。

「キャーーーー!!」

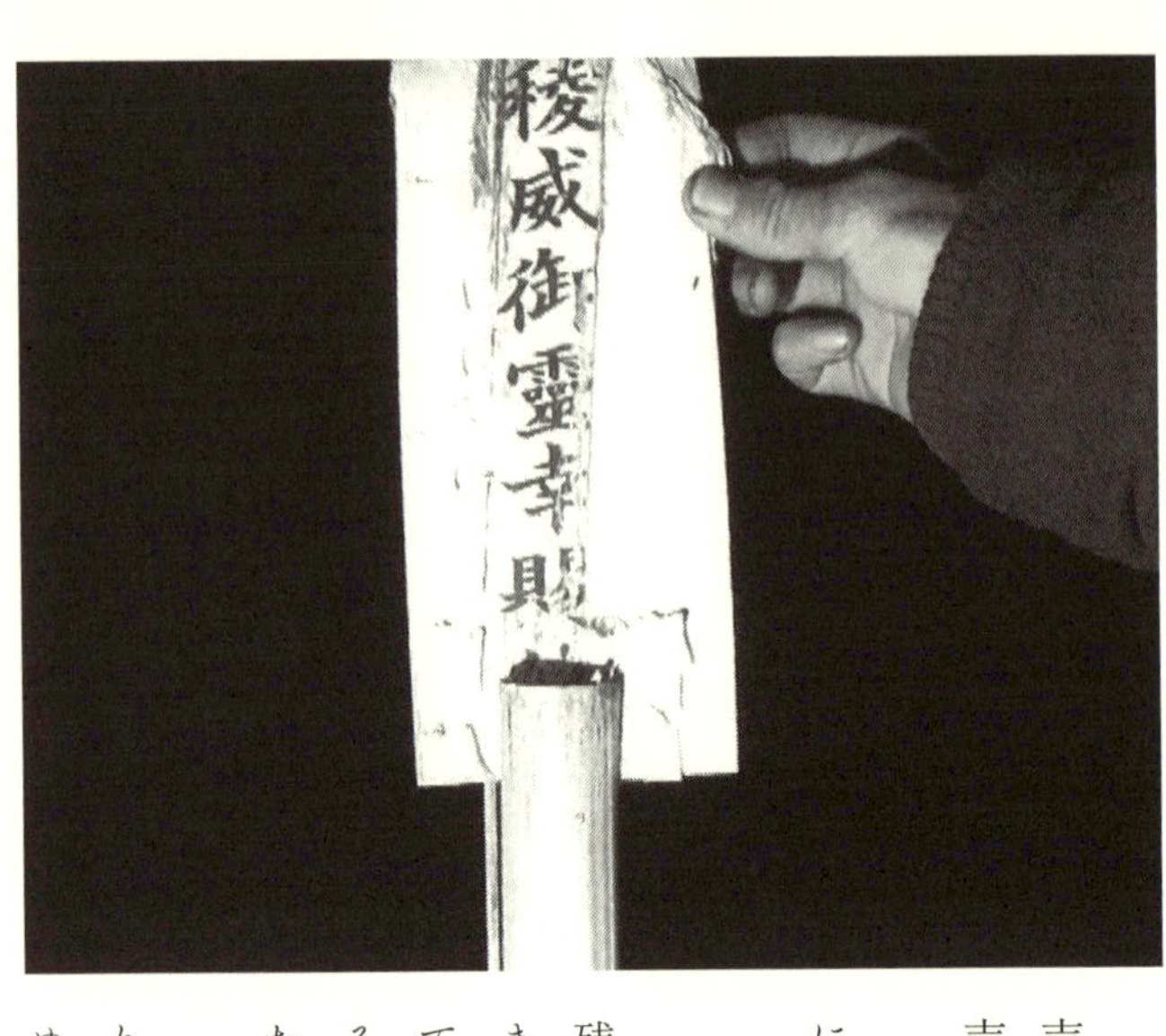

紙を引き上げたと同時に、林の方から叫び声のようなものが聞こえてきた。動物の鳴き声にしても、タイミングが良すぎる……。

引き上げた紙には、竹に挟まれていた部分に文字が隠されていた。

「お札や……」

『稜威御霊幸賜』と読める。調べたのだが、残念ながらその意味までは特定することができなかった。しかし、池に向けてお札が供えてあるなんて、これは何かを封印でもしているのではないかと、学の無い我々が焦り始めたところ、池の周辺が何やらざわついてきた。

林から聞こえてきた悲鳴のような音に始まり、池自体もボチャボチャと謎の音を立て始める。偶然だろうとは思うのだが、これらはお札を抜いたすぐ後に起こったので、我々はそこに眠っていた、起こしてはならぬものを目覚めさせてしまったのではないかと、戦慄し始めた。

その後も、池の周りを黙々と進んで行くのだが、時折水底から何かが這い上がってくるような異音や、どこからともなく聞こえてくる、原因不明の「ヴーーン！」というバイブ音のようなものに、必要以上に驚きつつ、霊の存在を確かめようと試みるが、決定的な怪奇現象を捉えることはできない。

このままで終わるのかと、皆の口数が少なくなってきたその時、メンバーの一人が池とは反対側の斜面を見て声を上げた。

「うわっ！　人がおる！」

「どうした？」

カメラとライトを斜面に向けるが、そこには木々が生い茂っているだけで、人のようなものは確認できない。

「山の方に人がおったと？」

「いたと思うんですけどね！　ほら！　あの辺ですよ。白い服着た人です」

白い服を見たと、指を差している方向にカメラを向け、手で持ったまま固定して撮影しているると、あることに気づいた。

人が立っていたという場所の上には、太くて丈夫そうな枝が真横に一本突き出している。その根元には擦れたような跡があるのだ。

「おい、あれって誰かが首吊った木やないとや？　人見たの、ちょうどあの枝の下やろ？」

「そうです……なんか気持ち悪いっすね」

カメラを下げながら木の全景を撮影していると、根元にゴミのようなものが落ちている。それはよく見ると、枯れて萎びた花束だった。

「おい、ここ本当に人亡くなっとうぞ……」

リアルな痕跡を見つけてしまい、気分は沈んだが、その後も撮影を続けながら車まで戻り、赤迫池を後にした。

二十五　八面山大池

大分県中津市三光原口

大分県中津市のシンボルでもある「八面山」。

どの方角から見ても同じ形に見えることから、八面山と名付けられたそうだ。また、昔はこの山に矢竹が多く生えていたことから、箭山（ややま）とも呼ばれているという。

市民の憩いの場ともなっているこの山の標高五百メートル付近には、「八面山大池」という農業用水確保を主目的とする溜池があり、大池を一周できる遊歩道もある。そこでは季節の草花を楽しむことができるのだが、夜になると雰囲気は一変し、心霊スポットと化す。

大池付近では自殺が多発しており、女の幽霊が出るという噂があるのだ。

私は大学時代ラグビー部に所属しており、一年生の時、夏合宿で大分の九重まで遠征することになった。

遠征には三校が参加したのだが、その中でも大分の大学に通う「ケイタさん」という人と仲良くなり、その時に八面山大池での話を聞くことができた。


ケイタさんは部活が終わったある土曜日の夜、彼女と二人で夜景を見るために八面山へと車を走らせたそうだ。

免許を取ったばかりでぎこちない運転ながらも、親から借りた車で、彼女と二人たわいもない会話を楽しみながらのドライブはとても楽しいものだったという。

目的の夜景スポットで甘いひと時を過ごした後、このまま帰るのも寂しいということで、せっかくだからもう一ヶ所寄って行こうと、ケイタさんは八面山のさらに奥へと車を走らせた。

細い砂利道を進んで行くと、着いたのは暗闇が支配する開けた場所。

「ここは心霊スポットって言われちょる」

「こげんとこ嫌っち！」

彼女はたいそう嫌がっていたようだが、元来心霊好きであるケイタさんは、幽霊が出るといわれる所に興味があったし、吊り橋効果で愛は深まるかもしれない、そんな考えで無理言って彼女を車から降ろした。

車のライトを点けっ放しにして、彼女と寄り添いながら池へと続く橋を渡っていく。

辺りには木々が鬱蒼（うっそう）と生い茂っており、風が吹くたびに「ザワザワ」と音を立てるのだが、その音に反応して彼女は亀のようにすぼめた頭で周囲を見渡す。

不思議と人の感情というものは伝染するもので、普段は恐がりというわけではないケイタさんも、彼女の様子を見ていると段々恐ろしくなってしまい、数十メートル歩いたところでもう帰ろうかということになった。

踵を返して車へと歩き始めるが、風は益々強くなっており、辺りからは怒声のような葉擦れ音が迫って来る。

只ならぬ雰囲気に、気丈な彼女が怯え切っている。

（なんや？　この池……）

ケイタさんの緊張がピークに達したその時。

ピカッ！

後方に白い閃光が走った。

驚きながら二人で振り向くと、そこには一メートルくらいありそうな白くて大きな火の玉が浮かんでいた。それは左右にふらふらと揺れながら、こちらに近づいて来ている。

「逃げろ！」

震える彼女の手を引いて走り出したが、彼女は石に躓(つまず)き片方の靴が脱げてしまった。だが、後ろからは火の玉が段々と近づいて来ている。

ケイタさんは、彼女を片方裸足のまま走らせると、なんとか車に乗り込んで発車した。

バックミラーには、白い火の玉が相変わらずふらふらと漂っている様子が映し出されていたが、砂利道を進んで行くうちにそれも見えなくなった。

後日、休みを利用して明るい時間帯に八面山大池へと彼女の靴を探しに行ったそうだが、案外早く見つけることができた。

丁度、靴が脱げた場所の脇に転がっており、焦げて真っ黒になっていたそうだ。

二十六

別大国道『手招き地蔵』
大分県大分市神崎　小倉街道

一九六一年十月二十六日、大分から別府市亀川に向かっていた大分交通別大線の路面電車が、仏崎付近で集中豪雨による崖崩れに巻き込まれて埋没するという事故が発生。三十一人が死亡し、三十六人が重軽傷を負う惨事となった。

事故後、現場には地蔵が安置されたものの、片方の手が時間とともに垂れ下がってきていると言われ、付近では事故が多発したことなどから、地蔵の垂れ下がった手は死者を招いているという噂が立ち、『手招き地蔵』と呼ばれるようになった。

そして、事故現場付近には幽霊が出るという噂も立ち、心霊スポットとしてその名が広く知れ渡っていくこととなる。

この話を聞かせてもらったのは、運送会社に勤めている広瀬さんからで、私がその運送会社でバイトとして働いていた時のことだった。

広瀬さんは怖い話が大嫌いなのだが、不思議な体験を数多く経験しており、私が配送助手として広瀬さんと二人で現場に向かう時などに、様々な話を聞かせてもらった。


ある日、広瀬さんは大分市の某施設にオフィス用品を運び込む為、社用車を運転して一人で現場に向かったそうだ。

現場に着くと、荷物を積んだトラックはすでに到着しており、トラックに乗っていた二人と一緒に施設内に椅子や机などを運び込み、作業が終わったのは二十二時を過ぎたころだった。というも、取引先の希望で、勤務時間が終わる十九時以降に作業をお願いしたいという事だったので、作業自体はさほど時間がかからなかったものの、深夜の帰宅となってしまったというわけだ。

とりあえず、近場で遅い夕食をとり、福岡の会社まで一度帰るために十号線を走り始めた。

国道十号の大分県別府市東別府と、大分県大分市生石の間の約七キロメートルの区間の別名が「別大国道」だ。

この道での事故が多いということと、幽霊の噂については広瀬さんも知っていたため、軽く気味の悪さを感じながらも車を走らせた。

しばらく走ると、急激に喉が渇いてきた。先ほど食べたラーメンのスープを全部飲んでしまったからかなと、深く考えもせずに道路左手の奥に見えた自動販売機目指して左折する。自販機のある道は旧道となっているようで、車は通っていないし、街灯もなかった。

自販機にくっつけるようにして車を停めると、お茶を買ってぐいぐいと喉に流し込む。
「ちょっと来てくれないかぁー!?」
お茶を飲んで一息ついたところで、旧道の奥の方から切羽詰まったような叫び声が聞こえた。
何事かと思って駆け出し、暗闇の中を走っていくも、声の聞こえてきた辺りには全く明かりが見えない。

いつの間にか、辺りには霧が立ち込めており、五メートル先もはっきり見えないような状況になっている。

「ここだよ！」

おかしいと思いながらもポケットから携帯電話を取り出し、声が聞こえた辺りをライトで照らすと、自分が立っているすぐ横に大きなお地蔵さまが立っていた。

相変わらず、辺りに人の気配はないままだ。

（この声は生きている人のものじゃない！）

恐ろしくなった広瀬さんは、車まで走って戻り、車内に飛び込むとエンジンをかけた。

ブゥン！　ガタガタ！

エンジンはかかるのだが、異様な振動が広瀬さんの体まで揺さぶる。

（なんやこれ!?）

パニックになりながらも、新道に戻って早くここから離れようとアクセルを踏み込んだ。

ガッタンガッタンガッタン！

車はまるで、何者かが大きく揺さぶっているかのように左右にふらつき、ハンドルの制御ができなくなった広瀬さんは、新道と旧道を繋ぐ道の脇にあるガードレールに突っ込んだ。

ドキャッ！

激しい音を立てて車は停止した。放心状態になりながらも、車を降りてぶつかった部分を見ると、フロント左側が少し潰れているものの、思っていたほど酷くはなく、これなら自走できそうだ。

再度、車に乗り込んでエンジンをかける。

ブゥン！

エンジンは問題なくかかり、一度バックした後に、新道に向かってゆっくりと進んでみるが、大丈夫そうだ。

体の震えは止まらないが、この場所を一刻も早く離れたいという思いで、広瀬さんは会社に向かって走り始めた。

ようやく会社に着いた時には、もう日付が変わっており、社員は残っていなかった。

駐車場に車を停めると、広瀬さんはそのまま車内で眠ってしまった。

翌朝、上司には「脇見運転をしてしまった」と説明して酷く怒られたそうだが、広瀬さんがこういったことをよく体験すると知っている同僚達には本当のことを説明して、「あの通りは気を付けろ」と、忠告したそうだ。

二十七　佐田京石

大分県宇佐市安心院町熊

米神山の西南に「佐田京石」と呼ばれる、高さ二メートルから三メートルほどの柱状の巨石が九本並んでいる場所がある。

米神山の中腹にある自然の石柱群と相対し、太古の祭祀が行われた遺跡ではないかと推定され、神社の起源や、原始の鳥居の姿ではないかと言われており、南天遥かに由布山の霊峰を望む位置に存在する。

付近には同じような巨石が林立し、石の雨が降る伝説など神秘的な場所となっている。

私の実家はラーメン店なのだが、ある時、店にいる父親から急に連絡があった。

「あぁ幸成。今、常連さんが不思議な話しよるんやけど、聞きに来たら?」

父からの連絡を受けてすぐに実家に向かい、そこで出会ったのが史跡巡りが趣味だという山田さんだ。
山田さんは史跡以外にもオカルトに造詣が深く、様々な話を聞かせてもらったのだが、その中でも一番印象に残っているという佐田京石でおきた話をご紹介する。

ある日曜日、山田さんはデジタル一眼レフカメラを持って一人で佐田京石を訪れていた。
天気は良く、心地よいシャッター音を響かせながら散策を進めていた。辺りにはセミや鳥の声が大きく響いており、周りには巨石が林立しているような状況下にいると、まるで異世界にでも来たかのような感覚に陥ってしまう。

しばらく撮影を続けていると、急にキーンと耳鳴りがした。

咄嗟に耳を抑えたそうだが、耳鳴りはやまない。それどころか、次第に耳鳴りは酷くなっていった。

（なんやこれ……？）

妙な不安が頭をよぎると同時に、頭上に得も言われぬ気配を感じて、顔を上げた。そこには、三つの大きな丸い点があった。飛行機と同じくらいの高度だろうか。遥か上空なのだが、三つの丸はキレイな三角形を形作ったまま、クルクルと回りながら降下してきている。

（ＵＦＯ？）

不思議と怖いとは思わなかったそうで、ただただ、その美しい回転を眺めていると、それはいつの間にか頭上数十メートルまで迫ってきていた。すると、急に頭の中に文字が浮かんできた。

（アナタニシマス）

ハッと気づくと、巨石の一つに腰かけて居眠りをしていた。ＵＦＯを見たと思っていたのは夢だったのだろうか？　真相がわからぬまま、山田さんは帰宅することにした。

その日の夜、自宅である六階建てのマンションの三階にある部屋で寝ていると、昼間と同じ耳鳴りがしだした。

（また来た？）

しかし、この時も恐怖はなく、全てを委ねたくなるような、不思議な感覚に陥っていた。またもや耳鳴りは強くなっていき、上空に「あの気配」を感じ始めた。

すると、急に体が浮かんでいき、壁をすり抜けてどんどん上昇していく。自分の部屋は三階だから、通常なら上の階の室内が見えるはずだが、山田さんが見ていた景色は違った。

最初はあたり一面、見渡す限りの砂漠のような場所かと思えば、ジャングルになり、見たこともないような巨大生物達が辺りを闊歩している。その後、次々と建造物が現れて、いつも見ているような「現代」の風景になっていった。

そして、気が付いたら、いつの間にか真っ白な空間の台の上に寝かされていることに気付いた。辺りを見渡そうとするが、全く体が動かない。見えるのは白い光だけだ。急に恐怖心が襲ってきて、逃げるためにもがこうとするが、体が動かないどころか脳内に無慈悲な文字が浮かんでくる。

「アナタチイマカラカイボウシマス」

そこで意識が途切れた。


目が覚めると、自分のベッドの上に横たわっていた。激しい恐怖心が湧いてきて、すぐに体中を弄(まさぐ)ってみるが、傷なんかはついていない。

(あれはなんだったんだろうか?)

夢にしてはリアルすぎるし、全部しっかりと覚えている。そう考えながら体をさらに弄り続けていると、首の後ろに小さな異物があるのに気付いた。こんなところにイボなんか無かったはずだが?

病院に行き、取り出して調べてもらおうとも思ったそうだが、怖くてできないという。

「だって、それで本当に金属片とか出てきたらどうします? 濱さんは、自分がUFOに攫(さら)われたことがあるって実証されてしまったら、今まで通りに生きていくことができますか? 僕は怖くて無理です……」

そう言いながら、私にも首の後ろを触らせてくれたのだが、確かに、皮膚の下に長さ五ミリほどの塊が入っているようで、イボのようになっていた。
「それ」が何かはわからない。

二十八　貘　大分県豊後大野市

福岡編に三話書かせてもらった、私の高校時代の先生である丸山さんと、取材も兼ねて二人で飲んでいたときのことだ。

「自分は次もまた本出すっちゃろ？」

「はい！　出す予定だから、こうやって話聞きに来てるんですよ」

「ははは、そっかそっか。俺の話は今話したやつくらいやけど、知り合いで、実家に貘が出るっていうやつがおるんやけど、紹介しようか？」

「バクってあの？　動物園にいるやつですか？」

「わからん。どうも、夢を食うっていう貘が出るらしいんやけど、詳しくは本人から聞いてくれ！」

そうして、後日喫茶店で話を聞かせてもらうことになったのが柳さんだった。

柳さんの実家は古い日本家屋で、それはそれは立派なものだそうだ。

庭の池には錦鯉が泳ぎ、一緒に住んでいた祖父母の趣味で、草木は見事に刈り揃えられており、客人を招いた際には毎回感心されるという。

そして、家の柱には太くて立派な檜が使われており、柱の所々に浮き出た模様が美術品のように芸術的なオーラを放っていた。

しかし、その檜の柱からは時折、謎の物体が飛び出すことがあったというのだ。

柳さんが小学校三年生の時、祖母と一緒におやつを食べながら寛いでいると、柱の模様が少しずつ歪んできた。

（あれ？）

不思議に思いながらじっと眺めていると、模様の形は徐々に生き物のような形に変わっていき、中型犬くらいの大きさになったところでポンッ！　と飛び出してきたかと思うと、畳の上を数メートル走って向かいの柱の中にポンッ！　と飛び込んで消えてしまった。

「ばあちゃん！　今、柱から変なの出てきた！」

「あぁ、家には貘がおる。夢を見ん日があるやろう？　それは貘が夢を食べてくれとるんよ」

「そうなんや……」

あまりにも当たり前のことのように言われて、呆気にとられたそうだが、それからも数年に一度のペースで貘は姿を現した。

ある時は、トイレのドアを開けた瞬間中から飛び出して、柳さんの腰が抜けてしまうほどに驚かし、またある時は、柳さんが自分の部屋で寝ていると柱から飛び出してきて頭の横を走り抜けていく。そんなことが何度かあったのだが、驚きこそするものの、怖いという感情は抱いていなかった。


柳さんは高校に上がると同時にヤンチャな友人達と関わりを持つようになり、暴走族とは言わないまでも、その真似事のようなことをしてバイクで走り回るようになっていた。

柳さんの地元である豊後大野市には、「沈堕の滝」という場所がある。雄滝は高さ約二十メートル、幅約百メートルで、雌滝は高さ約十八メートル、幅四メートルという壮大なスケールで、「大野のナイアガラ」とも呼ばれている。

滝手前の崖っぷちには、「滝落としの刑場跡」という史跡が残っており、その昔、罪を犯したか犯していないかわからない者を、百叩きの後、滝壺に突き落とし、生きていれば無罪、死んでいれば有罪としていたという恐ろしい伝承が残っている。そして、多くの人が亡くなったという歴史から、心霊スポットだと若者たちの間では噂されていたそうだ。

ある夜、柳さんは仲の良い友人たちと三人で、二台のバイクに跨って滝落としの刑場跡を訪れていた。

刑場跡といっても特に何かが残っているわけではなく、「滝落としの刑場跡」と書かれた板がガードレール沿いに立っており、そのガードレールを越えると、百叩きを実行した罪人を落としたといわれている崖があるだけだ。これを眺めるだけでは面白みが足りないと感じた三人は、あるゲームを思いついた。

「じゃんけんに負けたやつが、崖下に向かって小便して来ようぜ」

もしかしたら何か起こるかもしれないという期待と、暗闇の中で崖ギリギリまで近づくというスリルが味わえるのではないかと思ったそうだ。ジャンケンの結果、柳さんが負けてしまい、光の弱い懐中電灯を一つ持ってガードレールを乗り越えていった。数メートル

歩くと、元々罪人を歩かせていたと思わしき階段跡があり、その先には落ち葉が積もっていて、どこまでが地面でどこからが崖なのかわからない。

「これ危ないぜ！」

ふざけ半分でやっていたものの、ギリギリのところになって、実際には極めて危険な行為であるということに気づき、仲間達に向かって「減刑」を呼びかけるが、友人二人はガードレールの向こうでケラケラと笑っているだけだ。

（クソ！）

悔しくなった柳さんは、足でチョンチョンと地面を叩きながら崖の際まで進み、チャックを開けると崖下に向かって用を足し始めた。底が深いせいで、着水音は聞こえず、ただ風の音だけがビューービューーと聞こえてくる。

「ウォーーーーーイ！」

突然、崖底から空気を切り裂くような雄叫びが聞こえてきた。

「ヤバイヤバイ！」

柳さんは水滴をズボンに飛び散らせながら、友人のもとに走り寄った。友人二人にも雄叫びは聞こえていたようで、急いでバイクのエンジンをかけて、逃げる準備をしている。

柳さんが片方のバイクの後部に飛び乗ると、二台のバイクは爆音を轟(とどろ)かせながら刑場跡から遠ざかった。

しばらくバイクを走らせ、いつもの溜まり場であるコンビニにバイクを停めると、三人は先ほどの雄叫びの話題で盛り上がった。

「ホントに出たなぁ！」

「あれはなんやったんやろうか？」

兎に角、あれはこの世のものではない何かの叫び声であったことは確かなようで、「怒らせてしまった」張本人であると思われる柳さんは恐ろしくなり、コンビニで塩を一袋買うと、全身に振りまいてから家に帰った。

玄関前で服に付いた塩をパタパタと払い、静かに戸を開ける。

二階にある自分の部屋に戻ってからも、先ほどの恐怖が忘れられない。気を紛らわせようと、漫画本を読み始めて一時間ほど経った時のことだ。

バチン！

なぜか急にブレーカーが落ちたようで、部屋が真っ暗になった。ブレーカーを上げに行こうと部屋の外に出ると、不思議と階段の灯りは点く。玄関脇までやってきてブレーカーを確認すると、どうやら落ちていたのは自分の部屋だけだったようだ。

（おかしいな）

電気は蛍光灯くらいしか使っていなかったので、通常なら落ちることはないはずだ。気味の悪さを感じながら自分の部屋の前までやってきて、扉を開ける。

バチン！

扉を開けた途端にまたブレーカーが落ちた。首筋を一筋の汗が流れ落ちる。

（絶対におかしいぞ……）

しかし、まだ、階段の灯りが点くことに救われて、恐る恐る階段の半分ほどまで来たところで、玄関の靴置き場に黒くて丸い塊が落ちているのに気付いた。その塊は、柳さんが近づくとむっくりと起き上がり、「人の形」となって、のそりのそりと近づいてきた。この時、柳さんはあまりの恐怖で、立ったまま体が動かなくなってしまっていた。

「ユルスマジ……ユルスマジ……」

憎しみを込めたように呟きながら、黒い人は一歩一歩階段を上がってくる。体は動かせないが、ガタガタと震えが全身を揺さぶる。黒い人はもう目の前まで迫っており、腐った卵のような匂いが鼻につく。もうダメかと諦めかけたその時、「ポンッ」と目の前の柱から獏が飛び出したかと思うと、黒い人の喉元に飛び掛かった。

「ウゥゥ」

一瞬呻き声が聞こえたかと思うと、獏は掃除機のように黒い人を吸い込み、いつものように反対側の柱に「ポンッ」と飛び込んだ。そこでようやく体が動くようになった柳さんは、その場にへたり込んで泣いたそうだ。

それからというもの、あの体験で自分の弱さを知ったという柳さんは更生し、迷惑をかけてしまった人たちに、少しでも恩返しできるような人生を送ることを誓ったのだという。

宮崎の話

二十九　コツコツトンネル

宮崎県宮崎市佐土原町

宮崎の心霊スポットの中でも、一番有名と言っていいのが「コツコツトンネル」だろう。正式名は久峰隧道(ひさみねずいどう)であるが、トンネルの中でクラクションを三回鳴らすと、コツコツとハイヒールの音が近づいてくるという噂から、コツコツトンネルと呼ばれている。

このトンネル付近に、昔火葬場や防空壕があり、そのせいで幽霊が出るという話もあるようだ。

私自身、二回現地を訪れて撮影を行っているのだが、一度目は二〇一四年に訪れて写真撮影のみを行い、二度目は二〇一七年、仲間と四人でビデオカメラでの撮影を行うために現地を訪れたのだが、二度目の撮影時に不可思議な現象が相次いだ。

この日は雨が降っており探索は厳しいかと思われたのだが、当時は工場勤めで休みは日曜日しかないため、天候不良でも探索を強行するのが常となっていた。しかし、まるで霊が我々の訪れを歓迎しているかのように、どれだけ大雨が降っていても、スポットに着くころにはスポット周辺だけ雨が止んでいることがほとんどで、撮影が中止になることは一度もなかった。

この時も、行きの車内で、

「俺達には霊がついてるから雨止みますよ！」

そんな喜ぶべきかどうか悩んでしまう言葉を後輩がかけてくれるが、とりあえず、トンネル内部の撮影は可能だろうと、楽観視しながら車を走らせた。

現地に着いたのは深夜〇時を過ぎたころだったが、相変わらず雨は降り続いている。

「たまには雨の中での撮影もいいかもね！　トンネルの中でも、余計怖い雰囲気が出るかもしれんし。よし、今日は一人ずつ行こう！」

私自身は、霊は人が少ない状態の方が出やすいのではと考えているので、四人で心霊スポットに向かうことが多いのだが、撮影時は、前半と後半二人ずつに分かれての探索を行うことが多い。だが、この日はわざわざ宮崎まで遠征してきたということと、コツコットンネルの長さが七三メートルほどと短いこともあり、一人ずつ行っても時間的に問題ないという判断だった。

私が運転席から撮影の手順を説明していると、急にフロントガラス前方、トンネルの方向からフラッシュのような白い閃光が見えた。

「おい！　光ったぞ！　なんやあれ？」

車がこちらに向かってきたのか、もしくは、私達と同じように心霊スポット探索と称する若者たちが持っているライトなのか、それとも、霊なのか……

一瞬だけ白い閃光が走るという、車や手持ちライトでは考えにくい現象だったために、車を飛び降りた私はトンネルに向かって走ったのだが、そこにはただ口をポッカリと開けたトンネルが待ち構えているだけで、人も車も見当たらない。この時、雨は降っていたが雷は全く見えていなかったので、あの閃光が何だったのかは分からず仕舞いだ。

一度車に戻り、今起こった出来事をメンバーに説明したのだが、私以外は閃光を見ていないようで、かえって想像力が膨らんでしまい怯えている。

「濱さん、ここ宮崎で一番有名な心霊スポットなんでしょ？　一人で行って大丈夫なんですか？」

「俺が先に一人で行って様子見てくるけん！　まあ大丈夫やろう！」

そう言うと、私は頭にライトを装着し、片手にビデオカメラ、もう片方の手に傘を持ってトンネルへと歩を進めた。

トンネルの手前五メートルほどからレポートを始め、状況を説明しながら進んで行く。内部では至るところから水滴が滴り落ちており、その音がハイヒールで歩く音に聞こえなくもない。ほとんどの場合、心霊スポットにある噂話というのは、デマや勘違いが広がったものであり、実際に現地を訪れて何かが起こる確率というのは極めて低い。

（幽霊の正体見たり水の音）

頭の中で下らないことを考えつつ折り返し、あっという間にトンネルを抜け、車へと戻ってきた。

「濱さん、どうでした⁉」

メンバーは興奮しながら問いかけてくるが、私の淡々とした様子から、すでに何も起こっていないことを察したようで、安堵の表情を浮かべている。

「何もなかったね」

その一言でさらに安心したようで、次の探索者は勇んで探索の準備を進めている。

そうして、一人、また一人と探索を続けていったのだが、三人目で異変が起こった。

車に帰ってくるなり、

「変な音が聞こえました！　携帯のカメラで撮影していたんで、絶対音入ってますよ！」

早口で捲(まく)し立てながら、携帯電話にイヤフォンを差し込んで早速、音声の確認に入った。

その間に最後の一人が探索へと向かい、車内に残された三人は携帯の画面にくぎ付けになっている。

「あっ、やっぱ入ってますよ！」

そう言ってイヤフォンを渡されたので、耳に差し込んで問題の個所を確認してみる。

「ポチャンポチャンポチャン……ドン！」

明らかに水音とは違う、まるで金ダライでも落としたかのような音が聞こえる。

「ホントや！　入っとうね！」

「でしょ、でしょ！」

しかし、一体この音は何なのだろうか？

水滴は滴り落ちていたが、これほど大きな音がするような原因は全く思い当たらない。

結局、最初の閃光についても金属のような音に関しても、原因はわからないままだ。

そうこうしている内にアンカーが帰ってきたため、みんなして変な音は聞こえなかったかと問い詰めるが「異常なし」とのこと。

これにて、コツコツトンネルの探索を終了した。


後日、私が手持ちビデオカメラで撮影した映像を確認していると、トンネルに入る直前ではっきりと女性の声が入っていた。

「フッヒー、ウッハー！」

この声の主が、コツコツトンネルの名前の由来になっているハイヒール女なのだろうか？

やはり、このトンネルは只者ではないようだ。

三十　平和台公園

宮崎県宮崎市下北方町

「平和台公園」は、宮崎県宮崎市の兵陸地にある都市公園で、平和の塔（八紘之基柱（あめつちのもとはしら））があることで知られている。

平和の塔は元々、「八紘之基柱」という名前で、「八紘一宇（はっこういちう）」の文字が正面に掘ってあったのだが、太平洋戦争後の一九四六年、ＧＨＱによって、「八紘一宇」の文字と武人の象徴である「荒御魂像」が国家神道を連想させるとして取り除かれ、名前も「平和の塔」と改められた。

しかし、一九五七年に都市公園として指定されることにより、平和の塔の復元が決定され、一九六二年に「荒御魂像」が、一九六五年に「八紘一宇」の文字がそれぞれ復元された。

平和台公園内には他にも様々な施設があり、人々の憩いの場となっているのだが、その中でも幽霊が出ると噂されているのは三か所だ。

・『平和の塔』

戦争で亡くなった方の霊が彷徨(さまよ)っている。

・『はにわ園』

はにわ園とは、一九六二年に完成した、園内に四百体の埴輪のレプリカが点在する場所で、隣接する形で地元住民のアトリエとしても機能する「はにわ館」がある。夜になると埴輪の目が光ったり、動いたりする。

・『新池』

公園の奥にある新池では、入水自殺した女性の霊が出る。

いってみれば、どこにでもありそうな根拠のない噂話だが、噂が立つという事はそれなりに怖い雰囲気があるのだろうし、もしかしたら本当に幽霊を見た人がいるのかもしれない。

ここは一度、きちんと調査する必要があると思い、探索メンバーを集めて撮影を決行した。

福岡から宮崎に行くにはかなりの距離があり、高速道路を使っても数時間かかるのだが、その日は仕事が終わってからの運転だったので、途中で疲れが出てきて後輩に運転を代わってもらうことにした。

パーキングエリアに車を停めると、後部座席の後輩と入れ替わり、車が発進してから数分で私は眠りに落ちた。

「濱さん！　濱さん！」

後輩に呼びかけられて目を覚ました。外を見ると、まだ現地に着いたわけではなく、車は高速道路を走っている。

「どうしたと?」

「外見てくださいよ！　なんか白い塊がついてきてます！」

そう言われて外を見ると、車の横五十センチほどのところに、白くて丸い光体のようなものが纏わりついている。

「えっ⁉　なんこれ？」

靄ではない。あきらかに車と並走しているその物体は、私がビデオカメラを準備している数十秒の間に消えてしまった。

犬か猫の霊？　自然現象？　正体は不明だ。


そんなことがあって、現地に着く前から興奮状態だったのだが、目的は平和台公園で霊を撮影することだ。

駐車場に車を停めると、まずは平和の塔目指して歩きだす。園内の案内板を見て場所を確認すると、駐車場のすぐ近くだったため、その場でビデオ撮影を開始して進んでいく。

しばらくすると、迫力のある大きな塔が正面に見えてきた。これが平和の塔かと感心しながら、塔の土台部分へと階段を使って上がり、周囲をぐるりと回ってみるが、これといった変化はない。

人々の崇拝の対象となるような神々しいオーラを放っている平和の塔には、全く霊が出そうな気配は感じられなかったため、すぐに『はにわ園』へと移動することにした。

はにわ園へと続く道は薄暗く、数時間前まで降っていた雨の影響で木の葉からは水が滴り落ちていて、その音が無数の足音に聞こえて気味が悪い。

不穏な空気を感じてかメンバー同士の会話も少なくなってきた時、カーン！　と金属バットで硬いものを殴るような音が聞こえてきた。

「聞こえた？」

「はい！　金属バットで殴るような音がしましたよね？」

音は、はにわ園の方から聞こえてきた。

「誰かが埴輪をバットで殴った？」

静かに息を殺して次の音が聞こえてくるのを待つが、聞こえてくるのはパタパタと水が滴り落ちる音だけだ。

心霊スポットと呼ばれている場所ではこういった原因不明の音は珍しくない。それが霊のせいなのか物理的に説明がつくものなのかはわからないが、それらの撮影、検証を続けていくことによって、いつかは正体を掴める時が来るのではないかと考えている。

そうこうしながら、はにわ園へとやってきたのだが、さすがに真っ暗闇の中に四百体もの埴輪が佇んでいる光景は異様としか言いようがなく、異世界にでも入り込んでしまったかのような気になってしまう。

「うぉー、これはすごい雰囲気やね。心霊スポットって呼ばれるわけやね」

そう言いながら後輩の山本の方を振り向くと、山本は鼻血をポタポタと地面に垂らしながら、ガクガク震えている。

「お前どうしたとや？　大丈夫や？」

「誰かが濱さんのこと呼びましたよ。はま〜、はま〜って」

「いや、俺には聞こえんかったけど……」

「その声が聞こえてから鼻血が止まらなくなったんですよ！　ここヤバいですよ！」

「俺達はまだ撮影するけん、お前一人で車に戻っとく？」

「はい。俺、もう無理です」

私はポケットから車のカギを取り出して山本に渡し、撮影を続行した。

それから二〜三分経った頃、平和の塔がある広場の方から山本の叫び声が聞こえた。

「うわぁー！　濱さーん！」

声を聴いて急いで山本に元に向かったのだが、山本は広場の真ん中で膝をついて泣いていた。

「どうしたとや?」

「俺が歩いてたら『ぶっていいか?』って低い男の声が聞こえたんで、怖くなって走り出したら誰かに背中殴られたんです」

山本の背中を照らしてみると、殴られたというところにはベットリと泥がついていた。

さすがにこれ以上の探索は何が起こるかわからないという事で、山本を車まで運び込むと、そのまま撤収することになった。

三十一　死神　宮崎自動車道

私は、怖い話を語るのも聞くのも大好きだ。

とりあえず仲良くなった人には、「怖い話ないですか？」と聞いてみて、こちらからも誘い水として怖い話をしたりする。そうすると、「あっ、そういえばこんな話がありました」と、記憶の奥底から話が湧いてくることがよくある。

私の古くからの友人で、現在は転勤で宮崎に住んでいる柴田という男がいる。

「俺さ、今度九州全体の怖い話書くんやけど、なんか宮崎の話ないかな？」

「いやぁ、ないねぇ。友達とかに聞いてみるよ」

予想通りの反応だ。

「そっかぁ。俺は何回か宮崎の心霊スポットに行っとるんやけど、こんな話あるよ」

そう言って、「コツコツトンネル」と「平和台公園」での出来事を話すと、柴田は意外なところに喰いついてきた。

「高速で白い塊見たって⁉　俺もっとすごいの見たことある！」

（え？　そこかよ……）

あまり期待せずに話を聞いてみることにした。

柴田は、宮崎に転勤になってからも数か月に一度は福岡の実家に帰っていた。走行距離はゆうに二百キロを超えるので、もちろん高速道路での移動となる。

その日は実家で母親の手料理を食べた後、二十一時ごろ宮崎に向けて出発した。このぐらいになると多少は交通量も減っており、運転ストレスも移動時間も軽減することができる。

そして、二時間ほどラジオを聴きながら高速道路を走らせ、宮崎自動車道に入ってからのことだ。

運転中眠くならないようにと飲んでいたコーヒーのせいで、尿意を催(もよお)してきた。次のパーキングエリアで休憩しようと考えながら運転を続けると、「PAまで残り○km」の看板が見えた。パーキングエリアに入るために左車線に移ろうとタイミングを見計らっていると、一台のセダンが真横を通り過ぎて行った。柴田は、その車のルーフ上に浮かんで並走しているものに気付き、開いた口が塞がらなかった。

そこにいたのは、紛れもない『死神』だったそうだ。

黒っぽいマントに大きな鎌を持っている。そいつがセダンの上にくっつく様にして並走している。

（なんや、あれ⁉）

驚いている間にもパーキングエリアは近づいてきており、件のセダンはスピードを上げてその中へと突入していった。もしかしたら、このまま内部で大事故でも起こしてしまうのではないかという悪い予感が頭をよぎったそうだが、元々自分も用を足す予定だったので、なるべくトイレの近くに車を停めようと開いている駐車スペースを探していると、先ほどのセダンが駐車スペースを無視してトイレ前に車を横付けしているのを見つけた。

その車を何気なく見ると、すでに死神の姿は見えなくなっていたのだが、突然、勢いよく運転席のドアが開いたかと思うと、中から中年の男性が飛び出してきて猛ダッシュでトイレに駆け込んだ。

（大丈夫やろうか？）

心配にはなったそうだが、まずは自分も車を停めて用を足さねば、こちらの車内でも大惨事が起きかねない。開いていたスペースに車を停め、ようやく念願のトイレに到着し、用を足し終わって手を洗っていると、奥の方にある大の扉が開いて、先ほどの男性がスッキリとした表情でこちらに歩いてくる。男性は柴田の横に並ぶと、良い表情を浮かべたまま手を洗い、車へと戻っていったそうだ。


「あれって死神やったんかな？」

「いや、知るかよ！　そんなの！」

訳の分からない話に若干イラついていると、柴田は疑いの目を向ける私に対して、「本当に見たんだ」と語気を強めた。

「信じるか信じないかはあなた次第」といったところか……

三十二　関之尾滝　宮崎県都城市関之尾町

幅四十メートル、高さ十八メートルにも及ぶ大滝、「関之尾滝」「日本の滝百選」にも選ばれている名勝地であり、滝上流には世界有数の甌穴（小石や水流で川床の岩盤が削られたもの）があり、国の天然記念物に指定されている。

そんな関之尾滝には、こんな言い伝えがある。

今から約六五〇年前、都城島津家初代藩主北郷資忠（ほんごうすけただ）が、関之尾滝で月見の宴を催した際に、この地一番の美貌を持つ「お雪」という一八歳の殿元が、殿様に見初められて、お酌をしたという。しかし、緊張のあまり殿様の服に酒をこぼしてしまい、お雪はこの醜態を恥じて、朱塗の杯を持ったまま滝壺に身を投げたといわれている。お雪の恋人である経幸（つねゆき）

は、お雪の死を悲しむ余り、槍の穂先で滝右岸の岩盤に一首の歌を刻み残して姿を消したそうだ。それ以来、名月の夜、滝壺に朱塗りの杯が浮かんでくると言い伝えられている。

『書きおくも　形見となれや　筆のあと　又あうときの　しるしとならん』

この文字は実際に岩盤に刻んであり、見やすいように赤く着色してある。

そして、この言い伝えからきているのか、滝の周辺には「夜、女の幽霊が出る」という噂がある。

しかし、今回の話の舞台は「昼の関之尾滝」である。

私がアメ車に乗っていたころ、ツーリングで知り合ったのが、この話の主役である山口さんだ。

休日、山口さんはお気に入りのアメリカンバイクで様々な場所を仲間と一緒に巡っては写真を撮るのが趣味だそうだ。

この日は天気も良く、最高のツーリング日和だとウキウキしながら家を出た。

ゆったりとバイクに跨り、風を感じながらアクセルを捻る。流れていく景色とともに日頃のストレスも吹き飛び、穏やかな気分になる。

関之尾滝に着くと、他の観光客に混じって、清らかな空気を感じながら散策を始めた。

幅四〇メートル、高さ十八メートルの大滝であるから、その飛沫はすさまじく、轟音とともに滝から離れた場所にある吊り橋をグッショリと濡らしている。

その橋を渡りながら、せっかく来たんだからということで、友人に携帯を渡し、滝をバックに一枚写真を撮ってもらう。

そうやって壮大な自然を満喫しながら、その風景を写真に収めつつ、山口さん達は散策を進めていった。

自然公園内をある程度見て回り、そろそろ帰ろうかという時、山口さんはＳＮＳに先ほど撮った写真を数枚投稿してから、バイクに跨り帰路に着いたそうだ。

帰宅後、携帯電話を確認すると、先ほど写真を投稿したＳＮＳに数件のコメントがついている。

確認すると、

「後ろにおるの誰⁉」

「これ心霊写真やろ⁉」

「は？　これガチ幽霊？　ヤバくない⁉」

意味が分からなかった。

先ほど投稿した写真は、関之尾滝周辺と、滝をバックにして自分一人が写っているだけだ。

気になった山口さんは、投稿した写真を改めて確認してみた。

すると、その中の一枚におかしなものが写っているのを見つけた。

山口さんが滝をバックに写っている写真、その山口さんの腹回りに、細くて白い腕がガッチリとしがみついている。

あの時はたしかに、まわりには自分と友人の二人しかいなかったはずだ。

気持ち悪いとは思ったものの、元来オカルト好きであった山口さんは、その写真を面白おかしく解説しながら、友人達に見せて回っていたのだという。


あの写真を撮ってから数週間経ち、何度か友人に写真を見せているうちに、写真が変化してきているのに気付いた。最初は腕が写っていただけだったのだが、今では自分の後ろから黒くて長い髪が少しはみ出しているのが見える。これをそのまま持っていて大丈夫なのか心配になってきたそうだが、生憎、この写真は女性からの反応も良く、飲み会でこれを見せると一気に話題の中心になれたこともあって、なかなか手放せずにいた。

(さすがに、この女が顔を見せる前にはどうにかしないとな……)

そう思っていた矢先、友人から、「知り合いに霊感の強い女性がいるから写真を見てもらったらどうか?」との連絡が入った。待ってましたとばかりに、その女性の連絡先を教えてもらい、カフェで会う約束を取り付けた。

約束した当日、十分ほど前にカフェに入り携帯電話をいじりながら待っていると、ショートカットのボーイッシュな女性が近づいてきた。

「山口さんですか？　私が小野です。当然こんなこと言うのもなんですけど、体調とか大丈夫ですか？」

「はじめまして。体調ですか？　そういえば、ここ二日くらい腹が張っている気がするんですよね」

「すぐに病院に行ってください！　危ないですよ」

「え？　どうしてですか？」

「そのままだと命に関わりますよ。すぐに病院に行ったほうがいいです。写真は絶対に消してください。すみません。私帰りますね」

訳も分からずポカンとしていると、小野さんは席を立ち、そのまま店を出て行ってしまった。

（なんだよ……）

不安を煽るだけ煽って勝手に帰られたことに憤りを感じたが、きっと自分は、自分で思っている以上に危険なものに憑かれているのではないかという疑念も膨らむ。もし、これ以上体調が悪化した場合は、すぐに検査を受けようなどと考えながらカフェを後にした。

その予感は、すぐに現実となった。

カフェを出てバイクに跨ろうとすると、当然、激しい腹痛と吐き気に襲われ、その場で吐いてしまった。吐いてからは若干症状が軽くなったため、そのままバイクで総合病院に直行して、検査を受けることとなった。

検査の結果、腸閉塞の疑いが強いという事で入院することになったのだが、病院のベッドに一人横たわっていると、先ほどの小野さんの言葉を思い出した。

「そのままだと命に関わりますよ。すぐに病院に行ったほうがいいです。写真は絶対に消してください」

(？　写真の女は手を俺の腹回りにまわしてきているし……もしかして、腸閉塞ってこの写真のせい？)

すぐに携帯電話で例の写真を確認する、前回確認した時よりも女は顔を突き出してきており、今では片方の目が見えている。やけに黒目が大きく、白い部分は目の両端に少し見えるだけだ。まさに悪霊と呼ぶにふさわしい様相を見て、自分は、なんでこんな画像を面白おかしく人に見せまわっていたのかと、後悔の念と言いようのない恐怖が湧いてきた。

すぐに画像を削除し、小野さんに状況報告のメールを送って、眠りについた。

翌朝、目が覚めると腹の張りが消えており、すこぶる体調がよい。医師もその急激な回復ぶりには驚いており、今日まで様子を見て、この調子なら明日には退院できるだろうという事になった。

携帯電話を確認すると、小野さんからの返信が届いていた。

「昨日はごめんなさい。山口さんの後ろから細い腕が伸びていて、それがお腹に突き刺さっていたのでびっくりしてしまいました。多分、写真を媒介にして山口さんに憑いていたんだと思います。写真さえ消してしまえば影響を及ぼすことはできないと思うので、大丈夫でしょう。もし、また何かあれば、知り合いの高名な方をご紹介します」

あのまま写真を持ち続けていたらどうなったのだろうと恐ろしくなったが、取り敢えずはもう大丈夫なようだ。翌日には無事退院し、高名な方のお世話になることもなかった。

それ以来、山口さんは写真に自分が写ることは、できるだけ避けるようになったという。

三十三　馬ケ背

宮崎県日向市細島

日豊海岸国定公園の南端に位置し、柱状節理のリアス式海岸は大迫力で、福井県の「東尋坊」に勝るとも劣らないと言われている。中でも「馬ケ背展望所」の断崖絶壁は、高さ七十メートルにも及び、圧巻のスケールであるのだが、やはりというか、自殺の名所としても名を馳せてしまっている。

私が工場で働いていた頃の後輩である大輔は、宮崎出身の遊び人で、福岡と宮崎に彼女がおり、休みの度にそれぞれの彼女に会いに行っていた。

その日は、宮崎の彼女である玲さんと馬ケ背までドライブに行くことになっていた。

馬ケ背展望所の近くには、「クルスの海」という十字の形をした海岸沿いの岩場があり、祈ると願いが叶うという事でデートスポットにもなっている。それを彼女が一度見てみたいという事で、昼間に大輔の車で向かうことになった。

いつものように車の中では他愛もない会話をしつつ、二人の女性を手玉に取っている自分に酔っていたのだという。

駐車場に車を停めると、玲さんをエスコートしながら、まずは願いが叶うといわれている鐘を二人で鳴らした。

「ふふふ、大輔君、私が何を願ったかわかる？」

「え？　何？」

「大輔君が私だけを見てくれますように、って」

そう言って微笑む玲さんの目は全く笑っていない。

（浮気がばれたか？）

ヒヤリとしたそうだが、偶然だろうと気持ちを切り替えて、馬ヶ背の突端目指して手を繋いで歩いていく。玲さんはニコニコと笑ってはいるのだが、明らかに先ほどの鐘を鳴らした時から、口数が少なくなっている。若干の気まずさを感じながら歩き続け、突端までたどり着くと、玲さんはにこやかに微笑みながら言い放った。

「大輔君が浮気したら、私ここから飛び降りようかな」

「そんなこと言うなよ！　俺が浮気するわけないやろ！」

（こいつ気が付いていている？）

二度に及ぶ追及で、さすがの大輔も焦り始めたそうだが、ここは完全にしらを切り続けた。納得したのかどうかはわからないが、玲さんは目を細めて笑い始め、大輔もその表情に安堵したそうだ。


その後、明日は仕事だからという理由で早めの時間に別れると、その足で福岡に帰り、福岡の彼女とディナーをする手筈になっていた。

しかし、約束の時間になっても彼女は現れない。

携帯に電話しても反応はなく、約束時間から三十分経ったところで諦めて家に帰ることにした。


その日の深夜、約束をすっぽかした彼女から電話があった。

「大輔君？　今日ごめんね！　実は救急車で運ばれとって、今も病院に入院しとるんよね

「……」

「え？　大丈夫⁉」

「うん、午前中だけ仕事やったんやけど、途中で意識失って倒れたんよ……」

貧血で倒れてしまったそうだが、倒れた際に頭を強く打って脳震盪を起こし、そのまま救急車で運ばれたのだという。もう気分は良くなっているというのだが、念のため、今日だけは病院で安静にすることになったそうだ。

明日には退院できるということで、部屋に見舞いに行くからと約束して電話を切った。

その直後、玲さんから電話がかかってきた。

あまりのタイミングの良さに驚いたが、恐る恐る電話に出る。

「大輔君？　今日の私の本当の願い事を知りたい？　大輔君の浮気相手が死にますよーに！　って願ったの！　ふふふふふ……」

（イカれてる！）

すぐに電話を切った。あいつは浮気してることを知っていて、しかも、浮気相手が倒れたのは、まさか玲のせい？　偶然かもしれなかったが、先ほどの電話のタイミングからして、何やら不穏なものを感じた大輔は、もう玲さんとの縁を切ろうと、彼女からの連絡を

全て拒否することにした。

　翌日、仕事が終わってから福岡の彼女の家に見舞いに行くと、大分具合がよくなったようで顔色は良い。

「大変やったね。もう大丈夫？」

「うん！　昨日はホントごめんね。今日も仕事終わってから、わざわざ来てくれてありがとう」

「昨日、私が電話したやろ？　そのあと寝とったら気持ち悪い夢見たんよね。行ったことない断崖絶壁みたいなとこにおって、目の前に女の人がおるんよね。で、私を睨みつけてから死ね！　って言ったかと思うと、そのまま崖から飛び降りるんよ……妙に生々しくて、そこで目を覚ましたら汗びっしょりかいとるんよね」

どんな女？　とは聞けなかった。

倒れたせいでそんな夢を見たんだろうと宥めると、明日も仕事だからとすぐに部屋を出た。

一人になると、一気に恐怖が襲ってきて膝がガクガクと震えた。

それからは福岡の彼女とも一方的に縁を切った。

玲さんがどうなっているのかは、わからないままだ。

自分の夢に出てくるということもない。

それからずっと、大輔に彼女はいないままだ。

鹿児島の話

三十四　ペコちゃんハウス

鹿児島県鹿児島市吉野町

鹿児島市に心霊スポットとして有名な、「ペコちゃんハウス」という廃屋がある。

住宅地を通り抜けて細い山道を進んで行くと、別荘だったと思われる廃屋が点々と建ち並んでおり、その最奥にある半壊した廃屋がペコちゃんハウスだ。

一階部分は潰れてしまっており、二階の窓から中を覗けるようになっているのだが、内部には梁（はり）が迷路のように張り巡って、歩き回るのは困難に思える。

ペコちゃんハウスの名前の由来は、この家で以前ガス爆発があり、死んだ一家が全員ペコちゃんのように舌を出していたからだとか、「ぺちゃんこハウス」が訛（なま）って、ペコちゃんハウスという名前で広まったというものがある。

真相はわからないが、それらは心霊スポットには付き物の、根拠のない噂話と考えていいだろう。


二〇一七年五月、私は心霊探索メンバー四人でペコちゃんハウスを目指した。

わかりにくい場所にあるため、付近をぐるぐると迷走しながらも、ようやく目的の道を見つけることができた。

住宅街を抜けると、廃墟と思しき建物が我々を出迎えるかのように怪しくそびえ立っており、さらに突き進むと、丁度行き止まりになったところに半壊した家屋が見える。それがペコちゃんハウスだった。

早速カメラを準備すると、何枚か写真を撮り、その後、ビデオカメラをまわして動画撮影スタートだ。

内部へは入らず、地面へと着地した二階の窓部分から中を覗くような形での撮影となる。ただ梁があるばかりで、これと言って面白いものは無いのだが、せっかく来たからには記録に残しておきたいし、もしかしたら怪奇現象を撮影できる可能性もある。現地では何事もなくても、後で動画を確認したら不可解なものが写り込んでいたというのは良くあることだ。

まずはライトを点けた状態で二分ほど撮影し、次に、ナイトショットモードという赤外線撮影機能を使い、ライトを消した状態での撮影を行う。肉眼では暗くて中の様子はわからないが、ビデオカメラのモニターにはバッチリと映っている。

この時、私ともう一人が窓から撮影し、残る二人は車の近くで周辺の廃墟に向かってカメラを向けていた。

「濱さーん！　なんか声聞こえてますよ！」

周辺の廃墟を撮影していた二人が、急に声を上げた。

「マジで⁉」

「どっから聞こえたと？」

「この廃墟の中から、誰かが話しかけていますよ！」

「嘘やろ……」

声が聞こえてきた廃墟というのは、斜面に立っているために一階が駐車場で、階段を上ったところに家があるという作りなのだが、その階段はジャングルのように薮(やぶ)に囲まれており、その先がどうなっているのか全く分からないような状態だ。

少し離れた高台からは、その階段の上に建物があることを確認できるのだが、建物自体も藪で覆われており、とてもじゃないが人がいる気配はない。

「何て言いよったと？」

「なんて言ってるかはわからないんですけど、こっちに向かって囁きかけてくる感じでしたよ」

「人の可能性は低いよね」

住宅街までは少し距離があるし、この廃墟に人がいるということはまずないだろう。だとしたら幽霊の声？

「映像を確認しよう！」

そう言って、先ほど撮影した映像を確認するのだが、カメラから直接確認しても音が小さすぎてよくわからない。現地での確認を諦めた我々は、もしかしたらまた声が聞こえるかもしれないと、付近を歩きながら二十分ほどカメラをまわし続けたのだが、声が聞こえてくることはなかった。

翌日、声を撮影したというメンバーから映像をもらい、パソコンにヘッドホンを繋いで確認作業に入ったのだが、たしかに声のようなものは入っていた。

「うん……うん……◇×○▽?・@×◇×○▽?・@×……」

最初は頷いているように聞こえるのだが、後半はボソボソと小さな声で、早口になるので何と言っているのかはわからない。

あの階段上の廃墟には、人がいなくなった後、人ならざるものが住むようになっているのかもしれない。

三十五　松峰大橋　鹿児島県熊毛郡屋久島町安房

一九九三年十二月十一日、青森県の白神山地とともに日本初の世界自然遺産として正式に登録された屋久島。

世界中から多くの観光客が訪れる人気観光地であり、年間三十万人ほどが訪れている。美しく壮大な山々を擁し、青く澄み渡った宝石のような海に囲まれた楽園に見える場所であるが、もちろん屋久島にも地元住民の方から心霊スポットと呼ばれている場所はいくつかある。

その中でも一番有名なのは「松峰大橋」だろう。安房川に架かる高さ七十メートルの赤い橋で、明るいうちであれば美しい景色を楽しむことができるのだろうが、夜になるとこの橋から身投げをする人間がまれにいるらしく、それは島外から来た人間が多いようだ。

私が屋久島を訪れたのは、二〇一七年のゴールデンウィークのことだった。

当日勤めていた会社のメンバー五人と、三泊四日で釣り三昧の日々を送るべく屋久島へと足を運ぶことになったのだが、もちろん私が行くからには心霊スポット探索や怪談蒐集は欠かせない。

釣りの準備とともに心霊スポット情報をリサーチし、早朝から丸一日釣りをして、夜は心霊スポット。そして、翌日も早朝から釣りで、また夜は心霊スポットという、かなりハードなスケジュールを組んで屋久島遠征に臨んだ。

屋久島行きのフェリーに乗り込んだのはゴールデンウィーク二日目で、まだ長期連休に入っていない会社も多かったため、フェリーの中は人もまばらで快適な船旅だった。

島に到着すると、今回お世話になる民宿と釣り船を経営している店主が迎えに来てくれた。せっせとフェリーの長い階段から降ろしてきた荷物を車に押し込むと、旅の拠点となる民宿へと向かう。

釣りは二日目からだったので、一日目の昼からは軽いトレッキングや温泉を楽しみ、いよいよ夜を迎えた。

「俺がおるってことは、夜はわかっとうよね？」

「マジっすか？　やっぱり行くんですか？」

後輩の井上は怖いのが苦手らしく、本気で嫌そうな顔をしている。

「俺も苦手なんやけど……」

五歳上の丸ちゃんも怖いのは大の苦手で、福岡でも心霊スポットに誘っていたのだが、いつも断られていた。だからと言って、残る二人は我らの長老とその奥さん。五十歳を過ぎた大先輩夫婦を心霊スポットに誘うのは気が引ける。だが、せっかく屋久島まで来たからには、仲間と一緒に心霊スポットも楽しみたい。

「今回はわざわざ屋久島まで来とるんやけん、夜も楽しもうよ？　ね？　ね？」

「……」

「よし！　決まりやね！　じゃあ二十分後に駐車場で！」

こうして、夜の心霊スポット探索メンバーを決定し、いざ出撃ということになった。

初日に訪れたのは松峰大橋だった。自殺の名所ということでネットの検索にすぐ引っかかったので、今回一番訪れてみたかったスポットだ。

慣れないレンタカーを安全運転で走らせ、住宅街から細い山道に入ってしばらく走り続けると、一気に視界が開けた場所に出る。

「あった！　松峰大橋や！」

暗くて景色は全く楽しむことができないが、自殺の名所であるという先入観があるためか空気が重く感じる。橋の傍（そば）に車を停めると、カメラとライトを準備して撮影しながら進んで行く。周りは山に囲まれており、季節は五月だ。肌寒く感じる風が吹き付けている状況にもかかわらず、脇にはジワリと汗が滲む。

「大丈夫？」

不慣れなメンバーに声をかけるが、緊張しているようで二人とも私の方を見て頷くだけだ。

そして、何事もなく橋を渡りきり、元来た道へと戻ろうとした時のことだ。

「あのぉ、濱さん……足痛いんですけど」

井上が足を引きずりながら顔をしかめている。

「力みすぎて足つった？」

「違います。痺れるような感じがするんです」

井上のジャージをめくってライトで照らしてみるが、目視で変化は確認できない。

「変化ないね。怖くて緊張しすぎたんやない？　車まで戻れる？」

「はい。大丈夫だと思います」

まだ顔は強張っているが、多分緊張のせいだろう……

そう考えながら車まで戻り、明日早朝からの船釣りのことを考え、早めに宿に戻った。


翌日の釣りはそこそこの結果に終わり、初日はこのくらいで済ませてやるけど、明日こそは……と意気込みながら宿へと帰りつき、釣った魚を近くの居酒屋に預けると、塩まみれの体を洗い流そうと風呂に入る。

五月とは言え、日中船上の日差しは強く、丸一日太陽であぶられていたため、ぬるい湯をかけるだけでもヒリヒリと痛む。

井上の足の痛みは治ったそうで、今日は朝から調子が良かった。

全員が風呂から上がると、宿の前で待ち合わせてから釣った魚を預けていた居酒屋に向かった。

居酒屋の扉を開けると、宿の主人の友人だという厳つい風貌の大将が出迎えてくれる。

先ほどまで海を泳いでいた魚たちは、きれいに捌かれて分厚い屋久杉皿に盛りつけられていた。

これが釣り遠征の醍醐味だとばかりにワイワイ騒ぎながら飲み食いし、腹が膨れてきたところで二軒目へと移ることになった。

次に目指したのは近くにあるスナックで、若い女の子も働いているという話を聞き、胸を弾ませながら店の扉を開いた。

出迎えてくれたのは元気の良いママで、二十代の私でも対応しきれないほどエネルギッシュだ。そしてもう一人。店の奥から姿を現したのは、まだ二十代前半と思わしき屋久島美人。男性陣の表情が変わり、会話に熱が注がれる。

長老は奥さんの前だというのに、ママの足を撫でまわしながら鼻の下を伸ばし、若い二人は普段飲めない焼酎をグイグイと飲みながら下品な話に花を咲かせている。

そんな中、長老が私を指さして大声で話し始めた。

「ここにいる濱ちゃんなんだけどね、実は本書いている先生なんだよ。怖い話の本を書いてるの。昨日もわざわざ屋久島まで来て、心霊スポットに行ってるんだよ？　すごいでしょ？　何か怖い話あったら教えてあげてね」

　すると、ママが笑いながら返してくれる。

「へぇ、私も若い頃行ったことあるよ。どこ行ったの？」

「昨日は松峰大橋行きましたよ。地元でも幽霊出るって有名なんでしょ？」

　そういった瞬間、明らかにママの顔が曇ったのが分かった。

「あそこ、ヤバかったでしょ？　私も昔行ったことがあるんだけど、途中から、膝から下に痺れる様な痛みが走り始めて、ここはホントにヤバいんだ。遊び半分で来ちゃいけない場所なんだってなって、すぐに帰ったよ。一緒に言った女の子の一人が霊感強かったんだけど、その子はまともに歩けないような足の痛みが一週間も続いたらしいよ」

　それを聞いて、井上が膝から下をさすりながら青い顔をしている。私はママに聞いてみた。

「それ、どうやって治ったんですか？　何が原因だったんですか？」

「それがね、ちょうど私たちが行ってから一週間後くらいに、橋の近くで遺体が発見されたらしいんよね。それは飛び降りじゃなくて、低い位置で正座するような形で首を吊ってたらしいんだけど、発見された時には腐敗が進んでて、特に膝から下は体重がかかってるせいでグチャグチャになってたらしくてね……それが発見されてから足の痛みはピタリと治ったね。でも、もうそのことがあってからは心霊スポットなんて行ってないよ。あなたたちも気を付けた方がいいよ」

そう言うと、目の前のグラスを一気に飲み干した。

三十六　海沿いの家

鹿児島県熊毛郡屋久島町

　グラスに入った焼酎の水割りを飲み終えたママは、淡々と話し始めた。

「あなたたち釣りに来たんでしょ？　いっぱい釣れた？　屋久島は山登りだけじゃなくて釣りも人気だからね。この子も釣りするのよ」

　そう言って、照れたような笑いを浮かべた屋久島美人のマミちゃんに視線を移す。

「でもねぇ、気を付けないと、この島の周りは潮の流れが速いみたいで、海に落ちたら死体は上がってこないからね。それに、屋久島の山は傾斜が激しいから、滑落したら死体が見つかることは少ないみたいよ。今までに、山登り行きますって言って、そのまま帰ってこなくて、死体も見つからないなんて言う話はたくさんあるからね。人気の観光地ではあるけど、実は見えないところに死体がゴロゴロあったりしてね……」

私へのサービスのつもりだろうが、喜んで聞いているのは私一人で、場の雰囲気はすっかり冷めてしまっている。しかし、怖い話をするにはいい雰囲気になっている。それを狙ってかはわからないが、ママの独断場は続いた。

「今は孫達とこの店の近くで楽しく暮らしてるんだけどね、昔は海沿いの古い家に住んでてね、昼間はすぐ海に行けるからいいけど、夜になったらものすごく気持ち悪いの。何が気持ち悪いかって、風が気持ち悪いのよ。窓を開けたまま寝てると、生暖かくて潮臭い風が吹き込んでくるでしょ？　そいつが体に纏わりついてきて全身鳥肌が立っちゃうのよ。だから、普段は夜になると窓は閉めて寝るようにしてたんだけど、ある時、窓閉めるの忘れてしまってね……」

「幽霊が出たんですか？」

「幽霊ならまだいいわよ。その時は窓開けたままで寝たんだけど、うつらうつらして自分でも寝てるか起きてるかわからない状態になった時に、『アレ』はやって来たのよ」

全員が静まりかえって話に聞き入っている中、一人だけ寝入ってしまった長老のイビキが「グォー」と響く。

ママは気にせずに続けた。

「生暖かい風が吹き込んできたと思ったら、一気に体を包まれて動けなくなったの。そして、部屋の中に『気配』が充満したかと思うと、ガタガタガタガタって部屋の中の物が揺れだして、本とかが次々に落ちてきてね」

「ポルターガイストってやつですか?」

「多分そうだと思う。すぐにテレビ点けてみたけど、地震速報は流れてなかったしね。ひとしきり揺れ続けた後、何事もなかったように静かになったんだけど、もう私は、しばらく放心状態になっちゃってね……とりあえず、部屋の中の物を片付けようと思って散乱しているものを拾うと濡れてるのよ。落ちてるもの全部同じようにグッショリしててね。まあ変なことがあったのはその一回だけなんだけど、海沿いの家から引っ越してからはそんなこと一回もないし、土地的に悪いものがあったのかもしれないね」

そこまで話すと、私達のグラスが空になっているのに気づき、おかわりの準備を始めた。

三十七　屋久島灯台

鹿児島県熊毛郡屋久島町永田

ママの怪談話も落ち着き、そろそろ閉店時間を迎えようとしていた時だった。黙って話を聞いていたマミちゃんが口を開いた。

「あのー、私、実は霊感があっていろいろと怖い体験してるんですよ。心霊スポットとかも結構行ってるし」

来た。来た、来た、来たぞ！

「じゃあ、心霊スポット案内してくださいよ！」

ネットの情報には限りがあるし、何よりも霊感が強いと本人が言っている以上、私達のみではわからないことも彼女が霊感ガイドとして伝えてくれるかもしれない。それに、男だけでの心霊スポット巡りより、美女と一緒に回った方が百倍楽しいに決まっている。

「いいですよ！　もうお店閉めるんで、ちょっと待ってくださいね」

「はい！　よろしくお願いします！」

店を出た我々は、先ほどまで我慢していた二ヤつきを一気に噴出させていた。

「濱君、俺も今日は心霊スポット行くよ」

「濱さん、俺ももちろん一緒に行きます！」

今日は行かないと言っていた丸ちゃんと井上が、急にやる気百二十パーセントになっていやがる。若干イラつきつつも、言いたいことを我慢して、涼しい顔をしながらマミちゃんが出てくるのを待った。


「お待たせしました！」

十五分ほど待つと、マミちゃんがママと一緒に店から出てきた。

「マミ、気を付けて行っておいでね！」

ママが別れ際に声をかけてくれる。マミちゃんは愛想よく返事すると、レンタカーへと乗り込んだ。

「それではいよいよ心霊探索スタートですね！　マミちゃんが知ってる心霊スポットで、

ここは幽霊がいるってとこありますか？」

「そうですねぇ……永田に向かう途中のトンネルは心霊スポットって言われてて、昔はよく行ってましたね。あと、トンネルを通りすぎてずっと進んで行くと、西部林道に入る前に屋久島灯台ってあるんですけど、そこも心霊スポットですよ！」

「いいっすね！　じゃあ、その二つ行きましょう！」

こうして二日目の心霊スポット探索は幕を開けた。


屋久島の地図を見ると面白いことに気付く。島の中央部には険しい山々がそびえ立っているため、居住地には向かないようで、また、世界遺産に登録されているため開発することもできないのか、居住地区は島の外側をドーナッツのように取り囲むような形になっている。

そして、ドーナッツ状に島をグルリと一周できる県道七十七号線と七十八号線があり、そこから毛細血管のように、島の細部へと細い道が続いているような状況となっている。

我々が宿をとっていたのは、宮之浦というフェリー発着場近くだったのだが、この日は宮之浦から七十七号線を西に向かって車を走らせた。

しばらく車を走らせるとトンネルが見えてきた。

「ここです！」

マミちゃんの声に反応して車の速度を緩め、道の端に停車した。

「思ったよりも結構キレイなとこですね！」

「私が最後に来たのは数年前なんですけど、その時は落書きだらけでもっとボロボロのトンネルだったんですよ！　最近塗りなおされてるみたいですね……塗りなおされる前はもっと怖い雰囲気のトンネルで、若い人の間じゃ、心霊スポットって言われてたんですけどね」

「残念ですねぇ！　今は何か感じますか？」

「いや、特に感じないですね」

「ここはダメやね。次行こう」

距離も短く、特に怖い雰囲気もないトンネルに早々と見切りをつけ、我々は次の場所を目指した。

トンネルからさらに車を走らせること、十五分ほど。

道の両側には町の風景が広がっていたのだが、それを通り過ぎると左は山で右には海しか見えなくなる。まあ海といっても夜中なので、ほぼ闇ではあるのだが。

「もうそろそろ右側に細い道が見えるんで、そこに入ると屋久島灯台に行けます」

「はいよっ！」

右折したのはいいものの、灯台へと続く道は車一台がギリギリ通ることができるほどの幅しかなく、両サイドは蓋の無い溝で、落ちたら終わりだ。車がすれ違えるスペースが何か所か設けられているが、明るい時間でもあまり通りたくないような道だ。 

「着きましたね」

車を降りて、数十メートル先で光を放っている灯台を眺めながら私は呟いた。

灯台は海に突き出した断崖絶壁に立っており、波の音が風に乗って聞こえてくる。

「行きましょうか」

私が先頭になり、ここは心霊ビデオを撮影しながら進んで行く。

「なんで、ここは心霊スポットと呼ばれてるんですか？」

「はっきりとはわからないんですけど、この崖を下りたら、下の磯は釣りスポットらしいんですけど、そこで何人も亡くなってるみたいだから、それで幽霊が出るって噂が立っているのかもしれません」

「ここ、降りられるんですね⁉」

軽く底を覗き込んでみるが、十メートル以上の高さがありそうだ。落ちたらひとたまりもない。

そうこうしながら進んでいると、急に灯台の方から叫び声が響いてくる。

「ウワァーーー！　アァーーー！」

「え？　今誰か叫んだよね？」

「聞こえました！　私たちの声の反響とかじゃないですよ！」

「灯台の方からでしたよね？　なんだと思います？」

「灯台の裏あたりに、ものすごい強い雰囲気みたいなものを感じますね……」

風の音なんてものじゃなかった。男性の声で、まるで滑落する瞬間の断末魔のような叫び声だ。この場所は車でなければ来ることはできないが、我々以外の車は停まっていなかった。

「とりあえず灯台をぐるっと一周してみましょう」

この場で議論しても仕方がないと、意を決して灯台の裏に回り込んでみることにした。

鈍感な私でも、屋久島に来てから一番『気配』のようなものを感じる。

灯台の下までやってきた瞬間、裏側からまたしても声が聞こえてきた。

「ヒィーー、ウゥーーー」

「また聞こえた！　今度は女の人！」

「女でしたね。濱さん、気を付けてくださいよ」

次々に謎の声が聞こえてくるという不可解な状況に、マミちゃんの顔にも焦りが見える。

一体何なんだ、この場所は？　丸ちゃんと井上はガチガチに固まってしまい、二人で手を繋いで後ろからついてきている。

恐る恐る灯台の裏側に回り込んでみると、ちょうど灯台の真裏にあたる部分の壁に階段があり、壁を越えて崖ギリギリまで行くことができるようになっていた。

「これ、なんやろう?」

撮影を続けながら階段を上ると、壁の裏に祠が設置してあるのに気付いた。異様な雰囲気を放つその祠の中身を確認しようと、壁裏におりて祠に内部に向けてライトを向ける。

「うわっ!」

思わず声が漏れてしまった。中に鎮座していたのは戎(エビス)様の像なのだが、木彫りのため、風雨にさらされ続けた結果、片腕がもげてしまい体にはヒビが入っている。海の守り神として、船の安全と豊漁を与えてくださっているのだろうが、今のお姿はあまりにも痛々しく、暗闇で見ると恐怖心すら抱いてしまう。

戎様を映像と写真に収めたので、もういいだろうと階段に向かって振り向こうとすると、暗所でも撮影することができる赤外線モードで撮影していたビデオカメラのモニターに何かが映った。急いでライトを崖の方に向けて直接見てみるが、何もない。そのまま目線をモニターに移すと、白っぽい服を着た男性が崖ギリギリのところで、こちらを向いて立っているのが映っているではないか⁉

「ヤバイ、ヤバイ!」

私は走って仲間達のいる壁の向こう側に移動し、すぐに車に乗り込むよう促した。何が起こったのかわからない三人は、訳も分からず車に向かって走りだした。

「何かあったんですか?」

不安げな顔でマミちゃんが聞いてくる。

「さっきカメラで崖側を映したとき、男が立ってました。でも、肉眼では見えなかったんですよ。ビデオカメラのモニターにのみ映るんです」

興奮しながら先ほど見たものを皆に説明しつつ、『アレ』が撮れているのかが気になる。しばらく走って街灯のある所まで来たところで、一旦車を止めて映像の確認に入る。静まり返った車内に、ビデオカメラから発せられる音が細く響いている。

問題の箇所まであと少しだ。私はモニターに顔をグッと近づけて、食い入るように画面を見つめていた。

戎様を撮り終わって、カメラが右に振られ階段を映す。しかし、何かに気付いて映像は崖側に戻った。そこには、ただただ長い草が風にたなびいている様子が映っているだけだった。

見間違いではないはずだ。確かに見た。しかし、彼らはその様子を記録に残すことを良しとしない。

自らの存在を主張しながらも、のらりくらりと我々の追跡を躱し続けていく。

そのはっきりとした姿をビデオカメラに収めることができる日は来るのだろうか。

三十八　田代海岸

鹿児島県熊毛郡屋久島町船行

屋久島三日目、船釣りは今日で終わり。夜の心霊探索に行けるのも今日が最後だ。

この日の釣果は上々で、意気揚々と港に帰りつき、早速いつもの居酒屋で捌いてもらおうと魚を持っていく。

そして、宿に戻ってシャワーを浴びてから玄関前に集合し、気分良く居酒屋に向かいながらも、私は早速今夜のオファーを始めた。

「えぇーっと、今日は最終日という事で、もちろん心霊探索に向かいます。行く人っ！」

「……」

長老夫婦は行くはずもないが、丸ちゃんと井上はハードスケジュールで疲れ切っており、今夜くらいは早々と床に就こうと目論んでいるようだ。

「よく考えてくれ！　屋久島に来ることができることは、今後の人生であと何回あるかわからない！　そんな貴重な時間を寝て過ごそうというのか⁉」

「そうですよね！　俺は行きます！」

よしよし、丸ちゃんは無反応で、疲れすぎたせいか夏バテしたブルドックのような顔をしているが、井上はまだ二十代前半という事もあり、私の期待に応えてくれた。

皆が居酒屋でたらふく酒を飲みながら馬鹿笑いしているのを冷静に眺めつつ、私は心霊探索が近づくにつれて、アドレナリンが分泌されて神経が高ぶってくるのを感じていた。

最終日に目指したのは「田代海岸」だ。

枕状溶岩が広がるその光景は観光地として親しまれており、明るい時間帯ならば家族連れが軽く水遊びなんかするのには、ちょうどよい場所だ。

しかし、云われは不明なのだが、この場所も心霊スポットと呼ばれているようで、車を降りて海岸まで歩いていかなければならないのだが、その途中の林道に幽霊が出るという噂がある。

車は林道の手前までしか入ることができないので、少し開けた場所に停車し、井上と二人で探索の準備を始める。

結論から言うと、怪奇現象は一切発生しなかった。

しかし、これは現場では気が付かなかったというだけで、後にこの時撮影した動画を見て鳥肌が立ってしまった。

以下に、実際の音声をそのまま書き出してみることにする。(『』が原因不明の少女のような声である)

濱「屋久島の田代海岸です。海岸まで抜ける途中の砂利道で幽霊が出るという噂があります。昨日は四人で心霊スポットに行ったのですが、今日は四人での検証となります。」

『ウンッ！』

濱「わかりにくいかもしんないけど、ごつごつした岩がいっぱいあって車が通れません。徒歩しか行けない道です。ちょっと暗いのでナイトモードで、これなら映るな。オッケー。もしかしたらヤクシカやサルがいるかもしれないです」

『エへッ』

濱「だいたいここは、車を停めてきた場所から二百メートルほど砂利道が続いており、海岸よりもこの林道で霊が出るという話です」

『イヒッ』

濱「海の音が聞こえてきたね」
井上「はい」
濱「もう半分くらい来たよね」
井上「そうですかね。大分来ましたね」
濱「海の音が近づいてきた。おっ、出ました！　田代海岸です。今日は投光器を忘れたので暗いですが、ここが田代海岸です。かなり足場が悪く、ビチョビチョですね。車両立ち入り禁止ですが、かなりタイヤの跡があるね、観光客が入ってるんかな？」
井上「そうみたいですね」
濱「ということで、海岸に出たのでまた折り返そうと思います」

『エヘッ！』

濱「足元に気を付けてね。結構グショグショやけん」
井上「はい」
濱「今日は釣り頑張りすぎて、まだ手にダメージが残っとう」

『ウ～ン』

井上「でも、いろんな魚がいて楽しいですね」

濱「うん。屋久島は良い場所です」

『ウンッ！』

濱「井上、昨日と比べて今日はどう？」

井上「やっぱり四人から二人になったら違いますね。今日の方が怖いです。それに雰囲気がこっちの方が怖いです」

濱「ちなみに、もうすぐ明かりが見えてくると思うんですが、車のエンジンとライト点けっぱなしなんで、これは車の明かりです。エンジン音も入ってしまうかもしれません」

『フ～ン』

濱「まわりからポツポツ音はするけど、多分、これ森の中なんで鳥とか野生動物でしょう。あと、この葉の落ちる音……だとは思います」

『ウフッ』

濱「ここから先の方に見えているのは自動車の明かりです。まあ二百メートルぐらいなので、すぐに戻ってきてしまいました」

ここからは二分ほどかけて、話しながら車まで戻るのだが、その部分には怪音と思わしきものは確認できなかったので割愛する。

如何だろうか?

『』の部分はすべて女の子の声に聞こえる。しかし、現場にいたのは私と井上、大人の男二人である。そして、声は私の話に反応するようにして入っているのだ。

やはり、この場所には噂通りこの世ならざるものが潜んでいるのだろうか。

田代海岸の探索を終えた我々は宿に戻り、缶チューハイを飲み干すとベッドに倒れ込んだ。

そして翌日、名残惜しみつつ屋久島を後にした。

しかし、その一か月後の六月頭のことだ。

私は一人で屋久島の地を踏みしめていた。

前回は船釣りに来ていたのだが、今回はショア（岸）からのGT（ロウニンアジ）を狙うためと、前回不可思議な現象が起こった場所を再訪するためだ。

しかしながら、四泊五日と前回よりも多く日にちを設定していたにもかかわらず、釣りの方はボウズで終わってしまった。

そして、肝心の心霊スポットであるが、連絡先を交換していたマミちゃんに協力してもらい、前回訪れた場所を一晩で全て撮影してまわった。

しかし、屋久島灯台では一切声は聞こえないし、田代海岸でも前回と同じように撮影したが、女の子の声は一度も入っていなかった。

色気を振りまいて男を翻弄(ほんろう)するが、いざ近づくとハラリとかわす小悪魔のように、この世ならざる者たちは私を魅了してやまない。

これからも私の心霊探索は続いていくことだろう。

三十九　知覧特攻隊平和館

鹿児島県南九州市知覧町

これが最終話であるが、本書で何度も登場してもらっている綾香さんの体験談で締めさせていただく。

綾香さんが、友人と三人で鹿児島にある「知覧特攻平和会館」を訪れた時のことである。

知覧特攻平和会館とは、第二次世界大戦末期の沖縄戦において、「特攻」という、飛行機に爆薬と片道のみの燃料を積んで、敵艦に体当たり攻撃をした特別攻撃隊員の遺品や関係資料を展示してある、二度と戦争を起こしてはならないという信念のもと、貴重な資料や遺品を展示している施設である。

沖縄の「ひめゆりの塔」や、広島の「原爆資料館」もそうなのだが、こういった戦時中の面影をありありと残す施設は、感受性の強い人間は強い影響を受けることがあるようで、中に入れないということも多いそうだ。

綾香さんも例に漏れず、建物内から漂ってくる強烈な念のようなものを感じてしまい、中に入ることはできなかったため、友人二人だけで中に入ってもらい、一人で建物の外を歩き回っていたという。

現在の私達の生活は、先人が命を賭したその上に成り立っているということを考えると、とても感慨深いものがあり、当時の人々は何を考えていたのだろうかと思いを巡らせながら、敷地内を歩き回っていたそうだ。

数十分経ち、友人二人が建物から出てくると、三人で静かに手を合わせてバスへと向かった。

両脇に灯篭がずらりと並んでいる道を歩いていると、急に綾香さんの口から思わぬ言葉が飛び出した。

「もりきよひこを探して！」

「え!?」

『森興彦』という漢字まで頭に浮かんでくる。自分でもなんでそう言ったのかわからない

が、一瞬、誰かの意思が頭に入り込んできたような感覚だったという。
一緒にいた二人は驚いていたが、綾香さんがたまにおかしなことを言うことは知っていたため、特に深く突っ込んだりはせずに、「また変なこと言ってぇ」と流して、その日は終わったそうだ。

後日、三人で綾香さんの部屋に集まり、女子会を開いている最中、先日の知覧特攻平和会館での『森興彦』の話題になった。

「綾香、森さんの漢字も全部わかるんよね？携帯で調べてみらん？」

「そうやねぇ！　なんかわかるかもしれんしね」

そう言って、三人はそれぞれ携帯電話を使って検索を始めた。

すると、すぐにその名前はヒットした。

『誠第百十九飛行隊　二式双襲　森　興彦　一九四五（昭和二十）年四月二八日　久米島西方にて戦死』

「うそ!?　ホントに特攻した人やん！」

森興彦さんは実在する人物であり、特攻によって人生の幕を閉じた方だった。

そのことに驚きを隠せずにいると、突然、部屋の中に鈍い音が響いた。

ドンッ！

一斉に音のした方を振り返ると、椅子がひとりでに倒れている。

「なん、これ!?」

二人は気味悪がっていたが、綾香さんは不思議と恐怖心は無く、見つけることができてよかったと思っていたそうだ。

しかしながら、あの時、綾香さんの口を使って喋ったのは森さん本人なのか？　それともご遺族の魂なのかはわからないが、本書にこの話を書くことによって、少しでも多くの方に戦争について考えるきっかけとなればと思い、あえて森興彦さんを実名で書かせていただいた。

森興彦さん含め、先の大戦で亡くなった方のご冥福をお祈りいたします。

濱 幸成（はま　ゆきなり）

1989年生まれ。福岡県出身。日本全国450カ所以上の心霊スポットをまわったベンチプレスMAX130kgの肉体派心霊研究家兼心霊作家。趣味はオカルト・釣り・筋トレ。著書に『福岡の怖い話』『福岡の怖い話・弐』（TOブックス）。テレビ出演に『稲川淳二の怪談グランプリ2017』（関西テレビ）、『バリすご８』『ももち浜ストアタ方版』（西日本テレビ）。イベント出演に『怪談話の夕べ2017』（山口敏太郎氏 開催）、『福岡の怖い話イベント』（THEリアル都市伝説 福岡開催）。

Twitterアカウント：@iranikuy

ブログ：http://yukinari1204.hatenablog.com

九州であった怖い話

―心霊研究家の怪異蒐集録―

2018年4月1日　第1刷発行

著　　者　　濱 幸成

発 行 者　　本田武市

発 行 所　　TOブックス

〒150-0045 東京都渋谷区神泉町18-8
松濤ハイツ2F
電 話 03-6452-5766（編集）　0120-933-772（営業フリーダイヤル）
FAX 03-6452-5680
ホームページ　http://www.tobooks.jp
メール　info@tobooks.jp

印刷・製本　　中央精版印刷株式会社

　ISBN978-4-86472-670-2　Printed in Japan